내
이름은
루시

내
이름은
루시

1판 1쇄 2024년 3월 11일

글 임서경

펴낸이 모계영　펴낸곳 가치창조　출판등록 제406-2012-000041호
주소 경기도 고양시 일산동구 중앙로1347, 228호(장항동,쌍용플래티넘)
전화 070-7733-3227　팩스 031-916-2375　이메일 shwimbook@hanmail.net
ISBN 978-89-6301-338-1　43810

가치창조 공식 블로그 http://blog.naver.com/gachi2012
단비청소년은 가치창조 출판그룹의 청소년책 전문 브랜드입니다.

내 이름은 루시

임서경 글

단비청소년

◦ 차례 ◦

꽃드리 마을

“악!”

엄마가 외마디 비명을 질렀다. 나는 깜짝 놀라 잠에서 깼다. 잠이 덜 깬 눈을 비비며 방에 불을 켰다. 엄마는 머리를 푹 숙인 채 방바닥에 머리를 찧고 있었다. 쿵쿵 소리가 방 안에 울렸다.

“엄마! 왜 그래?”

나는 엄마 양어깨를 잡고 흔들었다.

“아, 머리가 깨질 것 같아.”

엄마는 열네 살에 6·25 전쟁을 겪고 부모님을 잃었다. 열네 살에 남동생 둘, 여동생 한 명을 돌봐야 하는 소녀 가장이 된 것이다. 전쟁으로 고아가 된 동생들을 엄마가 먹여 살려야 했다. 밥이 되는 일이라면 무엇이든 다 했다고 한다.

아빠가 미국에서 한국으로 돌아오지 않자 엄마는 나팔 소리만 들으면 머리가 아프다고 했다. 아빠는 트럼펫을 잘 불었다.

어렸을 때, 나는 트럼펫이 나팔꽃잎 같아서 큰 나팔이라고 불렀다. 엄마는 미군 부대에서 울려 퍼지는 기상나팔 소리가 곧 아빠라고 생각하는 것 같았다. 오늘도 나팔 소리가 엄마의 신경을 건드린 게 분명했다.

엄마의 구불거리는 머리는 뒤엉켜 있었다. 화장을 지우지 않아 입술은 아직도 새빨갰다. 높이 치켜올린 마스카라는 덕지덕지 눈썹을 덮고 있었다. 겨우내 신고 다니던 엄마의 롱부츠는 방바닥에 뒹굴고 있었다. 아빠가 엄마에게 준 첫 번째 선물이 바로 롱부츠였다. 가죽이 벗겨진 낡은 부츠를 가을부터 봄까지 1년에 반은 신고 다닌다. 나는 롱부츠를 발로 툭툭 쳐서 방문 밖으로 던져 버렸다.

"으아아아!"

엄마는 두 손으로 머리를 움켜쥐었다.

"엄마, 정신 좀 차려!"

나는 두 팔로 엄마의 어깨를 잡고 세게 흔들었다. 엄마는 나보다 키가 3센티미터 작고 몸집도 작다. 나는 그렇게 잠시 엄마를 멍하니 쳐다보고 있었다. 그런 엄마를 보고 있자니 나도 머리가 조여 오는 듯 아팠다. 숨을 크게 들이쉬고 주전자에 있는 보리차를 컵에 따랐다.

"엄마, 이거라도 좀 마셔 봐."

나는 격한 감정을 누르느라 입술이 바르르 떨렸다. 떨리는 입술을 앙다물고 엄마에게 보리차를 건넸다. 엄마는 고개를 아래로 떨군 채 머리를 좌우로 흔들었다. 엄마의 머리가 컵에 부딪히면서 보리차가 이불 위에 쏟아졌다.

"엄마, 이제 좀 그만할 때도 되지 않았어? 언제까지 이럴 거야?"

나는 참고 있던 화를 더 누르지 못하고 엄마에게 말 화살을 쏘았다.

미군들이 군부대에서 우르르 뛰어나오는 소리가 들렸다.

내가 사는 마을 이름은 '꽃드리'이다. 타 지역 사람들은 '기지촌'이라 부르기도 한다. 내가 사는 집 양쪽에는 큰 미군 부대가 두 개나 있다. 밖에서 부대 안을 보면 큰 탱크가 즐비하다. 꽃드리 마을 사람들은 미군 부대 안에 있는 수많은 탱크와 미군을 보며 6·25 전쟁의 두려움으로부터 조금이나마 벗어날 수 있었다. 하지만 모두 그런 생각을 하는 것은 아니었다. 우리나라가 미국의 도움을 받을 수밖에 없는 현실을 안타까워하는 사람도 많았으니까.

미군들은 매일 새벽 운동했다. 마을 길을 따라 뒷산 고갯마루까지 뛰다가 걷다가 했다.

쿵, 쿵, 쿵!

미군들이 우리 집 앞을 지날 때면 군화 소리와 함성이 더욱 크게 들렸다. 기찻길을 지나가고 있는 듯했다. 군화 소리는 마치 천둥소리 같았다.

"우아우우우 압, 후아!"

한 명이 선창하면 나머지 미군들이 손뼉을 치며 따라 했다. 정확히 무슨 말인지는 알 수 없었다.

쿵, 쿵, 쿵!

"꼬투리 넘버 원, 투, 쓰리."

군인들은 마을 이름을 넣어 구호를 만들기도 했다. 발음이 정확하지 않아 꽃드리가 꼬투리로 들렸다. 마을 사람들은 미군들의 꼬투리라는 말을 재미있어했다. 미군들의 함성이 커질 때였다. 엄마의 긴 신음이 들렸다. 나는 방 불을 끄고 엄마 옆에 누웠다.

"루시야, 우리 딸 루시야!"

엄마는 내 이름을 부르고 또 불렀다.

"엄마, 어서 자."

돌멩이를 수십 개 넣어 놓은 듯 머릿속이 무거웠다.

"엄마는 루시한테 정말 미안해."

엄마는 잠꼬대하듯이 중얼거렸다. 말로만 미안하다는 엄마. 아직도 입에서는 술 냄새가 풍겼다.

"엄마가 많이 사랑하는 거 알지?"

말로만 사랑한다는 엄마. 눈을 감은 채 엄마는 계속 혼잣말했다. 나는 등을 돌린 채 엄마가 잠들기만을 기다렸다.

"아빠가 미국으로 돌아가지 않았다면……. 우리가 미국에서 계속 살았으면……."

엄마의 목소리가 아주 작게 들리더니 이내 조용해졌다. 아빠 탓만 하는 엄마가 안쓰럽다가도, 어느 땐 한심하기까지 했다.

내가 여섯 살 때까지만 해도 아빠를 한국에서 매일은 아니어도 볼 수 있었다. 하지만 어느 날 갑자기 아빠는 미국으로 돌아

갔고 그 뒤로 연락이 되지 않았다. 엄마는 수소문 끝에 아빠 소식을 알아냈다. 그러고는 무작정 나를 데리고 미국행 비행기를 탔다. 미국에서의 2년은 생각조차 하기 싫은 시간이다. 내가 흑인이라는 이유로, 엄마가 한국인이라는 이유로 한국에서보다 더 많은 차별을 받았다. 아빠와 제대로 살아 보지도 못한 채 우리 둘만 다시 한국으로 돌아와야만 했다. 엄마를 보면 고구마가 목에 걸려 넘어가지 않은 것처럼 답답하기만 했다.

꽃드리 마을 사람들은 엄마를 '양공주'라고 불렀다.

"위안부도, 양공주도 모두 한국 역사의 희생양이여. 그러니 너희 엄마를 너무 원망하지 말거라."

난숙이 할아버지는 나에게 이렇게 말했다. 내가 여섯 살 때쯤인가 엄마에게 물었다던 그 말이 떠올랐다.

"엄마가 예뻐서 동네 사람들이 공주라고 부르는 거야?"

대답이 없자 또 물었다고 했다.

"엄마, 엄마가 공주처럼 예뻐서 그러는 거 맞지?"

엄마는 눈물을 글썽이며 아무 말을 하지 못했다. 그때는 엄마가 왜 눈물을 글썽거렸는지 알 수 없었다. 하지만 지금 나는 그 눈물의 의미를 알 나이쯤은 됐다. 엄마가 잠이 든 걸 확인하고 마당으로 나왔다. 부츠가 댓돌 위에 널브러져 있었다. 나는 부츠를 두 발로 꾹꾹 밟았다. 엄마 몰래 부츠에 화풀이했지만 쉽게 마음이 풀리지 않았다.

난숙이네 맨 끝 방

마당에 섰다. 마당에 있는 대추나무가 나를 내려다보고 있는 것 같았다.

주인집 난숙이 할아버지 방에서 라디오 소리가 들렸다. 할아버지는 환갑이 넘었는데도 정정했다. 난숙이네는 방이 다섯 개다. 두 개는 난숙이네가 쓰고 나머지 셋은 세를 놓았다. 세를 놓은 방 중의 하나가 바로 엄마와 내가 사는 맨 끝 방이다.

난숙이네는 6·25 전쟁으로 난숙이 할머니와 삼촌을 잃었다. 난숙이 큰 오빠는 월남전에 파병되었는데 그곳에서 사망했다. 6·25 전쟁과 월남전은 난숙이네 가족을 빼앗아 갔다. 올해 3월에 월남전 파병을 더 이상 하지 않는다는 소식을 듣고 난숙이 엄마는 큰아들을 잃은 슬픔을 이기지 못하고 오열했었다.

"전쟁은 그 어떤 이유에서든 일어나서는 안 되는 거야. 가족 잃은 슬픔은 말로 표현할 수가 없어. 슬픔을 넘어 아리고 쓰리고 미어지고……."

난숙이 할아버지, 난숙이 엄마, 그리고 우리 엄마에게 수도 없이 들은 말이다.

할아버지는 농사일하지 않을 때는 아직도 전통 한복을 입고 생활했다. 난숙이 엄마가 할아버지 한복 저고리 동정을 다느라 번거로움이 많았다. 난숙이 할아버지는 정치에 관심이 많고 다방면에 모르는 것이 없었다. 틈만 나면 라디오를 듣고 있어서인지 세상 돌아가는 모든 일을 알고 있었다.

새벽바람이 칼바람이다. 손이 곱아 입김을 불어 양손에 온기를 불어넣었다. 바람이 어찌나 찬지 양쪽 볼이 금방 얼었다. 그렇다고 금세 방으로 들어가고 싶지는 않았다.

엄마가 매일 술을 마시는 바람에 마을 사람들은 엄마를 알코올 중독자라고 수군거렸다. 나는 그 소리가 너무 듣기 싫었다. 진한 화장을 하고 술에 취해 다니는 엄마가 점점 추해 보이기까지 했다.

미군들이 산마루까지 올라갔는지 군화 소리가 멀어졌다. 아빠가 돌아오지 않는 것처럼 미군들의 함성도 더는 들리지 않았다.

눈을 감고 아빠를 가만히 불러 보았다.

"마이클, 대디!"

방으로 들어와 엄마 옆에 등을 돌리고 누웠다.

꽃드리 마을에 아침이 밝아 오고 있었다. 펌프에 마중물 붓는 소리가 들렸다. 난숙이 엄마의 펌프질은 늘 힘찼다.

나는 여덟 살 때부터 늘 혼자 일어나 학교 갈 준비를 하고, 난숙이네서 밥을 먹었다. 내가 학교 갈 시간이면 엄마는 항상 꿈나라를 여행 중이기 때문이었다.

작년 1972년 12월 27일에 8대 대통령 취임식이 있었다. 그리고 새해가 되었으니 나도 어느새 중학교 2학년이 되었다.

새 학기가 시작된 지 한 달이 되어 가고 있었다. 새로운 학기가 시작되면서 더 열심히 공부해야겠다고 다짐한 터였다. 그래서 다른 아이들보다 학교도 빨리 갔다.

엄마는 아빠가 미국에서 돌아오지 않자 당장 먹고살 일이 막막했다. 그래서 미군 부대에 있는 클럽에서 일하게 되었다. 그 일은 다른 일에 비해 월급이 많았다. 그렇지만 새벽이 되어야 집에 들어왔다. 그래서 어릴 때부터 나를 돌봐 줄 사람이 필요했다. 여덟 살 때부터 지금까지 나에게 밥도 먹이고 빨래도 해 주는 일을 난숙이 엄마가 다 했다.

난숙 아버지는 공장에서 일하다가 사고로 세상을 떠나고 말았다. 그 후로 난숙이 엄마는 돈이 되는 일이라면 무엇이든 다 해야 했다. 난숙이 엄마와 엄마는 비슷한 점이 많았다. 가족들을 먹여 살려야 하는 삶의 무게가 같았다. 난숙이 엄마의 희망은 정식이 오빠였다. 전교에서 1등인 정식이 오빠를 위한 뒷바라지라면 그 어떤 일도 마다하지 않았다.

"큰엄마, 밥 주세요!"

나는 난숙이 엄마를 큰엄마라고 불렀다.

"어서 와, 루시야!"

제일 반갑게 맞이하는 사람은 까까머리 고등학생인 난숙 오빠 정식이었다. 정식이 오빠 손에는 책이 들려져 있었다. 겉표지에는 '갈매기의 꿈'이라고 쓰여 있었다. 갈매기가 하늘을 향해 힘찬 날갯짓을 하는 그림이 보였다.

"그래. 어서 앉거라."

난숙이 엄마의 대답은 항상 친절했다. 난숙이 할아버지가 큰기침을 했다.

"할아버지, 안녕히 주무셨어요?"

노란 아침 햇살이 방 안 가득 내려앉았다. 나는 난숙이 할아버지에게 인사를 했다. 난숙이 할아버지는 수염을 매만지며 고개를 끄덕끄덕했다. 할아버지의 희고 긴 턱수염이 유난히 봄 햇살에 반짝거렸다. 할아버지가 입고 있는 연한 옥색 마고자가 잘 어울렸다. 할아버지가 나에게 물었다.

"오냐, 엄마는 편히 주무시고 계시냐?"

종종 엄마가 새벽마다 나팔 소리 때문에 벌어지는 소동을 난숙이네 식구들은 다 알고 있었다. 무뚝뚝하고 엄한 할아버지지만 나에게만큼은 따뜻했다.

"네. 코까지 골면서 주무시고 계세요."

엄마와의 새벽일이 생각났지만 아무 일도 없었던 척 웃으며 대답했다.

"아유, 난 나팔 소리와 미군들 군화 소리에 잠도 못 잤잖아."

난숙이가 투덜거렸다.

"코 골면서 잠만 잘 자던데."

정식이 오빠는 뽀로통해 있는 난숙이를 보며 말했다.

"내가 언제?"

난숙이는 소리를 빽 질렀다.

"어험. 아침부터 난숙이는 오빠한테 말버릇이 그게 뭣이냐?"

난숙이 할아버지는 형제간에 싸우는 것을 제일 싫어했다. 난숙이에게는 엄하고 무서운 할아버지였다.

"자, 어서 아침밥이나 먹자."

난숙이 할아버지는 숟가락을 들며 말했다. 반찬이라고 해 봐야 별것이 없었다. 하지만 나는 그렇게 난숙이네와 둘러앉아 먹는 아침 식사 시간이 참 따듯했다. 달걀 프라이와 고등어구이는 할아버지 상에만 있어서, 아이들은 먹어 볼 수 없었다. 그러나 난숙이 엄마는 내 밥그릇 위에 달걀 프라이 하나를 얹어 주며 먹으라는 눈짓을 했다.

"엄마, 나는?"

난숙이가 입을 쑥 내밀었다. 난숙이는 내 곁으로 다가와 귓속말을 했다.

"너, 이제부터 우리 집에서 밥 먹지 마."

나는 난숙이의 말에 잡고 있던 젓가락으로 난숙이의 옆구리를 쿡 찔렀다.

난숙이는 엄살을 부렸다.

“아아아. 아파!”

나는 난숙이를 보며 혓바닥을 날름 내밀었다.

난숙이 할아버지가 보다 못해 한소리 했다.

“난숙아! 조용히 밥 먹자.”

난숙이 할아버지가 낮고 느린 목소리로 말했다.

“할아버지는 만날 나한테만 뭐라 그래요! 루시 얘가, 나를 막 찌르잖아요.”

난숙이는 서운한 투로 말대꾸했다. 난숙이 때문에 아침부터 시끌시끌했다. 난숙이 엄마가 난숙이를 보고 눈을 흘겼다. 난숙이는 억울하다며 가슴을 쳤다.

“나 오늘 속이 안 좋아서 그러는데 이거 너 먹어.”

나는 밥그릇 위에 있는 달걀 프라이를 난숙이에게 주었다.

난숙이가 잽싸게 달걀 프라이를 입안으로 넣었다. 난숙이는 난숙이 엄마가 나만 챙기는 걸 못마땅해했다. 그래서 드러내놓고 나를 미워하고 싫어했다.

“난숙아, 그건 루시 몫인데…….”

정식이 오빠가 한마디 했다.

엄마는 난숙이 엄마에게 돈을 넉넉히 주면서 나를 잘 챙겨 달라고 부탁했다. 난숙이는 샘이 많아 늘 불만이었다. 난숙이와 내 도시락 반찬도 달랐으니 그럴 만했다.

나는 아침을 먹고 가방을 챙겼다. 난숙이 엄마는 내 도시락을 가방에 넣어 주었다. 나는 난숙이 엄마 앞에 등을 돌려 앉았다. 머리를 손질해 달라는 신호였다.

"큰엄마!"

나는 다급한 목소리로 말했다. 정식이 오빠는 벌써 학교에 가고 없었다.

"아직 시간 많이 남았는데 보채기는. 알았다, 알았어."

난숙이 엄마는 빠른 손놀림으로 폭탄처럼 솟아 있는 내 곱슬머리를 빗어 내려갔다. 중학교에 다니는 여학생은 무조건 단발머리다. 하지만 내 머리는 심한 곱슬머리여서 짧게 자르면 붕 떠서 폭탄 머리가 된다. 그걸 알고 학교에서 배려해 주었다. 땋은 머리가 제일 단정하기 때문이다. 난숙이는 배를 볼록 내밀고 서 있었다. 교복이 벌써 작아지기 시작한 난숙이의 교복 단추가 떨어질 듯 불안하게 달려 있었다.

"난숙이 너는 왜 그러고 있어? 학교 가지 않구서는."

"나두 머리를 빗겨 줘야 가지."

심술을 부리며 서 있는 난숙이의 작은 눈은 더 작아졌다.

"짧은 단발머리 빗을 게 뭐 있다구. 그냥 니가 슥슥 빗고 얼른 가!"

난숙이는 작은 키에 통통하게 살집이 있었다. 이번 겨울에 유난히 살이 많이 쪄서 덩치가 더 커졌다. 난숙이 엄마는 난숙이를 거들떠보지도 않았다.

"루시, 너 그 머리 밀어 버려!"

난숙이가 입술을 깨물며 앙칼지게 말했다. 나는 손거울을 보고 앉았다가 가늘게 웃었다.

"우리 마이클 대디가 여자는 곱슬머리가 예쁘댔어."

나도 모르게 아빠 이야기를 꺼내고 말았다.

"곱슬머리 좋아하네. 폭탄 머리 주제에."

나는 화를 꾹 눌렀다.

아무 대꾸가 없자 난숙이는 또 한마디 했다.

"도망가고 없는 흑인 아빠가 좋아해 봤자지."

난숙이가 나의 화를 돋우었다. 내가 가장 싫어하는 말이 아빠가 도망갔다는 말이었다. 내가 몸을 일으키기 전에 난숙이 엄마가 벌떡 일어나 난숙이 등을 세게 내리쳤다.

“또 한 번만 그런 말 하기만 해 봐.”

난숙이 엄마는 난숙이 등을 몇 대 더 때리며 밖으로 몰아냈다. 이쯤 되면 난숙이도 물러서야 했다.

“칫, 내가 틀린 말 했나. 꽃드리 마을 사람들도 다 아는데.”

난숙이는 노여워하지 않고 한마디 더 했다.

꽃드리 마을을 떠나면 이런 소리를 안 듣고 살 수 있을까. 나는 그런 생각을 잠깐 했다. 난숙이의 말에 속이 부글부글 끓었다.

어이, 튀기!

흙길 바닥을 탁탁 치며 걸었다. 화가 나거나 심술이 나면 나오는 걸음걸이다.

학교에 가려면 기찻길을 건너고 버스 정류장을 두 번 지나야 했다. 걸어서 다닐 만한 거리였다. 그러나 정식이 오빠는 학교에 가려면 꼭 버스를 타야 했다. 버스 정류장에는 교복을 입은 중·고등학생들이 삼삼오오 버스를 기다리고 있었다.

바로 그때였다. 흑인 미군이 버스 정류장 쪽으로 걸어가는 게 보였다. 아빠의 뒷모습과 똑 닮았다. 나는 자석에 이끌리듯 흑인 미군 뒤를 졸졸 따라갔다. 그것은 아빠의 향기였다. 가슴이 마구 뛰었다.

"루시야!"

정식이 오빠가 나를 불렀다. 나는 흑인 미군에게 정신이 팔려 듣지 못했다.

"루시!"

정식이 오빠가 다시 나를 불렀다. 뒤를 돌아보았다.

"너, 학교 안 가고 여기서 뭐 해?"

나는 그제야 정신이 들었다. 흑인 미군은 나와 오빠를 보더니 환하게 웃었다. 미군들은 언제 봐도 밝게 인사를 했다.

"하이, 굿모닝!"

나와 정식이 오빠는 어설픈 미소를 지었다.

"굿모닝!"

오빠는 대충 인사를 받고 내 팔을 잡아끌었다.

"어서 가. 학교 늦어."

나는 오빠를 보자 난숙이가 했던 말이 떠올랐다.

"이거 놔!"

나는 오빠의 손을 뿌리쳤다. 흑인의 까만 얼굴을 보다가 오빠의 얼굴을 보니 유난히 하얘 보였다. 나는 오빠 등을 밀었다.

"상관 말고 오빠나 빨리 학교에 가!"

버스가 먼지바람을 일으키며 끼익 섰다. 버스 문이 열렸다. 자주색 유니폼을 입고 베레모를 쓴 안내양이 학생들을 버스에 밀어 넣기 시작했다. 버스가 곧 터져 버릴 것처럼 사람들로 꽉 찼다.

"뒤로 가요, 뒤로, 뒤로!"

버스 안내양은 조그마한 체구인데도 목소리가 쩌렁쩌렁했다. 버스 정류장은 학생들과 버스를 타려는 사람들로 시끌벅적했다. 나는 버스 쪽으로 오빠를 밀어붙였다.

"빨리 타!"

흑인 미군과 오빠는 맨 마지막 손님이 되었다.

"바이바이!"

흑인 미군은 검은 보랏빛 두툼한 입술 사이로 하얀 이를 드러내며 나를 향해 손을 흔들었다. 다부진 체격의 안내양은 미군을 배로 밀어붙였다. 안내양은 출발 신호를 알리기 위해 손바닥으로 버스를 두 번 두드리며 큰 소리로 외쳤다.

"오라이!"

버스는 먼지바람을 일으키며 꽃드리 마을을 떠났다.

학교 정문 앞에 서니 혼분식 구호가 보였다.

혼식하면 허약 없고, 혼식하면 가난 없다.

요즘은 학교에서 도시락 검사를 매일 한다. 쌀 생산량이 부족해 이 문제를 해결하기 위해 정부가 혼식과 분식을 장려하는 식생활 개선 정책을 펼쳤다. 보리쌀이 없는 흰쌀밥을 싸 오면 선생님께 벌을 받아야 했다.

나는 터덜터덜 학교 교실 쪽으로 걸어갔다. 실내화를 갈아 신고 교실 복도를 막 들어설 때였다. 복도 앞에 있는 거울을 보니 검정 교복을 입은 내 모습이 오늘따라 유난히 까매 보였다. 언제 왔는지 난숙이가 나를 째려보며 서 있었다. 내가 눈길을 주지 않자 내 뒤를 따라오며 구시렁거렸다. 나는 구시렁거리는 난숙이를 향해 발길질했다. 난숙이는 잠깐 주춤하더니 씩씩거리며 나의 자리까지 좇아왔다. 아이들이 한두 명씩 자리를 잡고 앉자 난숙이도 하는 수 없이 자기 자리로 돌아가 앉았다.

학교 몇몇 아이들과 꽃드리 마을 사람들은 나와 엄마를 무시하며 업신여겼다. 그런데 정식이 오빠만큼은 달랐다. 오빠는 항상 나의 등 뒤에서 든든히 지켜 주었다. 나는 그런 오빠가 고마웠다.

수업 시간 내내 아빠가 생각났다. 여섯 살 때까지 함께 살고, 미국에서 2년 살 때 아주 가끔 보았던 아빠지만 나를 무척 귀여워했다.

"프리티 루시!"

아빠는 나를 이렇게 불렀다.

아빠와 같이 살 때는 검은 얼굴이 창피하지 않았다. 마을 사람들이 놀려도 그만이었다. 아빠는 나와 엄마에게 든든한 울타리였다. 미국에서 살 때도 아빠는 엄마와 나를 어떻게든 챙기려고 했다. 오늘은 유독 세 식구가 함께 살았던 어린 시절이 떠올라 종일 공부에 집중할 수 없었다. 아빠와 비슷한 흑인 미군을 본 오늘 같은 날은 더 했다.

점심시간에도 나는 난숙이 엄마가 싸 준 도시락을 먹는 둥 마는 둥 했다. 내 도시락 반찬인 어묵볶음과 계란말이는 난숙이가 다 먹어 버렸다. 나는 가방에서 쿠키와 초콜릿을 꺼냈다. 초콜릿이라도 먹을까 싶어서였다. 주위에 아이들이 모여들었다. 내가 제일 환영받을 때는 바로 이 시간이다.

"야, 루시야. 나도 좀 줘!"

아이들이 내 주위를 뱅 둘러서서 손을 내밀었다. 나는 난숙이만 빼고 아이들에게 나누어 주었다. 아이들은 초콜릿을 하나씩 입에 물었다.

"이 초콜릿은 지난번 거랑 맛이 다르네. 음 맛있어!"

아이들의 입에서 흙빛 초콜릿 물이 흘러 내렸다. 아이들은 서로의 얼굴을 쳐다보며 키득거렸다. 초콜릿을 가장 맛있게 먹던 아이가 부러운 듯 말했다.

"루시는 좋겠다. 이런 거 맨날 먹을 수 있잖아. 우리 아빠도 미군 부대 다니면 좋겠다."

그걸 지켜보던 난숙이의 입이 쏙 길어졌다.

바로 그때 내 등 뒤에서 용만이 목소리가 들렸다.

"어이, 튀기!"

나는 말없이 용만이를 쳐다보았다. 용만이는 학교에서 유명한 문제아다. 용만이 형은 철만이인데 두 형제가 마을에서 소문난 날라리였다. 아이들은 나의 곱슬머리와 검은 피부를 보고 '튀기'라고 놀렸다. 그중에 용만이와 철만이는 더 심했다. 용만이는 입꼬리를 살짝 올리며 소리 없이 웃었다.

"얘들아, 오늘따라 까만 몸에서 냄새가 더 나는 것 같지 않니?"

용만이는 실실 웃으며 비아냥거렸다.

초콜릿을 먹고 있는 반 아이들을 보며 용만이가 소리쳤다.

"야, 너희들은 더러운 튀기가 주는 게 목구멍에 넘어가냐?"

용만이 말을 듣고 있던 납작한 코, 일자 눈이 인상적인 도이가 나섰다. 도이는 그 누구에게도 지지 않았다. 도이는 까무잡잡한 피부에 키가 작고 삐쩍 말랐다. 하지만, 배짱은 남자보다 더 두둑했다.

"아우, 기똥차게 맛있데이. 와 니도 묵고 싶나?"

도이는 시골에서 살다가 온 아이라 사투리를 썼다. 난숙이는 내 편을 드는 도이가 마음에 안 드는지 도이 팔을 잡아끌었다. 난숙이는 도이를 무척 좋아했다. 도이와 친하게 지내려고 온갖 아양을 다 떤다. 그런 난숙이를 도이도 좋아했다. 도이는 난숙이를 뒤로 하고 용만이 앞에 섰다. 도이는 입안에 있던 초콜릿을 한입 떼어 냈다. 용만이는 뒷걸음질을 쳤다.

"야, 이게 더럽게 진짜!"

용만이는 짜증 섞인 말투로 소리쳤다. 용만이네는 연탄 가게를 한다. 용만이 엄마는 나와 엄마를 대놓고 무시했다. 예전에 용만이 아버지가 우리 엄마를 좋아한다는 소문이 마을에 퍼진 적이 있었다. 그 후로 용만이는 나를 더 괴롭혔다. 도이는 검지에 초콜릿을 올려놓고 용만이 얼굴에 들이댔다.

"내 교복에 묻히기만 해!"

용만이는 도이 앞에서 쩔쩔맸다.

"니 또 놀리기만 해 보그레이."

도이는 주먹을 쥐어 보이며 말했다.

"니 교복에다 묻혀 버릴 끼다."

도이의 배짱에 밀려 용만이는 주춤거렸다. 나는 그런 용만이에게 다가갔다. 나는 입안에 있던 초콜릿을 용만이에게 침 뱉듯이 뱉어 버렸다.

"퉤, 퉤, 퉤!"

용만이의 얼굴과 교복에 초콜릿이 튀었다.

"야 이 폭탄 머리 미친 거 아냐?"

나는 용만이 멱살을 잡았다.

"그래, 나 미쳤으니까 이보다 더한 폭탄 터뜨리기 전에 어지간히 해라."

용만이는 뒷문으로 나가려다 말고 큰소리로 말했다.

"튀기들은 눈물도 까마냐?"

나는 애써 못 들은 척했다.

"튀기들은 똥도 새까맣다면서?"

나는 더 이상 듣고 있을 수 없었다.

"Shut up! (닥쳐!)"

나는 운동장으로 뛰었다. 운동장은 아이들로 북적거렸다. 한쪽에서 여자아이들이 노래를 부르고 있었다.

"올해도 과꽃이 피었습니다. 꽃밭 가득 예쁘게 피었습니다. 누나는 과꽃을 좋아했지요."

'과꽃'이라는 노래는 엄마가 좋아하는 노래 중에 한 곡이었다. 나도 가끔 엄마와 같이 부르던 노래였다. 나는 아이들 곁으로 다가갔다. 나무 그늘에 앉아 함께 노래를 불렀다.

다른 반 아이들이 철봉을 하고 놀다가 갑자기 내 앞으로 뛰어왔다.

"야, 봐 봐. 얘가 바로 튀기라는 애야."

그중에 유난히 얼굴이 하얀 여자아이가 가까이 다가와 말했다.

"와, 진짜 까맣다. 얼굴이 연탄 같아."

나는 소리를 빽 질렀다.

"그래, 나 연탄이다. 어쩔래?"

아이들은 내 성난 눈을 보더니 놀라 도망쳤다.

"한 번만 더 내 앞에서 까불기만 해. 가만 안 둬!"

나는 아이들 등 뒤에 대고 소리쳤다. 운동장에 있는 아이들이 모두 나를 쳐다보는 것 같았다. 그때 도이가 헐레벌떡 뛰어왔다. 짧은 단발머리가 바람에 흩날렸다.

"루시야! 거기서 뭐하노?"

도이가 숨을 몰아쉬면서 내 앞에 섰다. 나는 도이를 쳐다보았다. 내 어깨밖에 안 오는 키 작은 도이다.

"천하의 무서운 것 없는 루시가 우는 기가?"

도이는 내 눈물을 닦아 주었다. 도이는 내 눈물을 검지 위에 올려놓고 큰 소리로 웃었다.

"루시야, 봐라 봐라. 니 눈물 까맣지 않다."

도이는 내 눈물을 양손으로 닦아 내며 말했다.

"루시야, 보라꼬. 니 눈물 까맣지 않다고. 알았나?"

나는 그런 도이의 모습에 웃음이 나왔다.

"아까 용만이 자슥이 니 눈물 까맣냐고 했을 때 아리까리했다 아이가. 진짜 루시 눈물이 까만가? 진짜 까마믄 우짜나 하고."

도이는 쉬지 않고 말했다.

"됐다고 마!"

나는 도이가 쓰는 사투리로 말했다. 내가 사투리로 말하니까 도이가 우스워 죽겠다고 배를 움켜쥐었다. 내 편이 한 명은 있다는 생각에 가슴이 따뜻해졌다. 바로 옆에서 여자아이들의 노랫소리가 들렸다.

"푸른 하늘 은하수, 하얀 쪽배에 계수나무 한 나무 토끼 한 마리 돛대도 아니 달고 삿대도 없이 가기도 잘도 간다. 서쪽 나라로."

둘씩 짝을 지어 손뼉을 치며 부르는 노랫소리가 정다워 보였다.

도이는 노래를 잘 불렀다. 혼자 흥얼거리기도 잘했다. 가끔 선생님이 도이의 노래가 듣고 싶다고 노래를 부르라고 할 때도 있었다. 그런데 아이들은 잘 모르는 가요를 더 잘 불렀다. 그때 도이가 물었다.

"루시야, 우리 손뼉 치며 반달 노래하자."

나는 이 노래는 자신 있었다. 엄마와 자주 불렀기 때문이다. 도이는 무릎을 탁 치며 말했다.

"우리 박자 못 맞추고 틀리믄 꿀밤 때리기 하는 거 어떠노?"

나와 도이는 무릎과 손뼉을 치며 반달 노래를 불렀다. 나는 한

박자도 놓치지 않았다. 도이가 말했다.

"요, 가시나가 억수로 잘한데이."

나는 도이의 손을 꼭 잡았다. 도이의 칭찬에 구겨졌던 얼굴이 확 펴졌다.

다 나 때문이야!

5교시 수업이 시작되는 종이 울렸다. 나와 도이는 교실로 뛰었다.

난숙이네 집으로 이사 왔을 때가 떠올랐다. 그날 엄마는 난숙이에게 이렇게 말했다.

"난숙아, 우리 루시랑 동갑이니까 친구처럼 잘 대해 줘. 싸우지 말구. 부탁한다."

난숙이는 눈을 동그랗게 뜨고 난숙이 엄마에게 소리쳤다.

"엄마, 나 재랑 친구 안 해. 새까맣고 더러워!"

엄마는 난숙이의 말을 듣고 금방 얼굴이 붉어졌다. 난숙이 엄마는 당황해하며 난숙이를 나무랐다.

"루시 엄마, 이해해요. 얘가 아직 철이 없어 그래요."

나는 그날 난숙이가 했던 말을 또렷이 기억하고 있었다.

'새까맣고 더러워.'

작년에 엄마가 종합 선물 세트 상자를 난숙이에게 준 적이 있었다.

"무슨 과자를 좋아하는지 몰라서 종합 과자 세트를 사 왔는데 좋아하려나 모르겠네."

난숙이는 나에게 새까맣고 더럽다더니 과자 상자를 보자마자 좋아서 입술이 실룩거렸다. 나는 난숙이를 빤히 쳐다보았다. 사실 쳐다보았다기보다는 노려보았다는 게 정확한 표현일 거다. 난숙이는 나의 눈빛은 무시한 채 엄마가 준 과자 상자를 가슴에 안고 엉덩이를 들썩거리며 좋아했다. 그다음에 엄마는 라면 상자를 난숙이 엄마에게 주었다.

"어머나, 스무 개나 되네요. 뭘 이렇게나 많이."

난숙이 엄마가 라면 상자를 쓰다듬으며 활짝 웃었다. 그 후로 난숙이도 나에게 조금 친절해지는 것 같았다. 엄마가 매달 사다 주는 간식거리 때문이다. 예전 일이 떠오르니 난숙이에게 더 화가 났다.

학교 수업이 모두 끝났다.

집으로 가는 길이었다. 난숙이가 나를 앞질렀다. 난숙이 뒷모습을 보니 웃음이 나왔다. 엉덩이에 살이 많아 걸을 때마다 심하게 실룩거렸다.

집 대문 앞에 도착했다. 집 안 빨래터 앞에 서 있는 난숙이가 보였다. 나는 바로 집으로 들어가지 못하고 밖에서 잠깐 머뭇거렸다. 난숙이 엄마는 열심히 펌프질을 하고 있었다. 빨간 고무 대야에 수북하게 쌓인 빨래를 하느라 바빴다. 오전에도 빨래했을 텐데, 오후에도 이렇게 많은 걸 보니 세탁할 옷을 더 받아 온 모양이다. 대야 속의 빨래들은 거의 양공주들 옷이었다. 내 옷과 엄마의 옷가지들도 보였다. 난숙이가 그것을 보더니 짜증을 냈다.

"엄마, 이제 이런 일 안 하면 좋겠어."

난숙이 말에 난숙이 엄마는 아무 대꾸도 하지 않고 묵묵히 빨래만 했다. 나무 빨래판 위에 빨래를 올려놓고 하얀 비누를 쓱쓱 문질렀다. 조물조물 주무르니 하얀 비누 거품이 보글보글 일었다. 난숙이 엄마의 두 손은 빠르게 움직였다. 난숙이는 대답 없는 난숙이 엄마에게 소리쳤다.

"엄마, 이제 루시 우리 집에서 밥 못 먹게 해!"

난숙이 엄마는 그제야 고개를 들어 난숙이를 보았다. 어이없다는 듯 혀를 찼다.

"쯧쯧쯧, 저렇게 철딱서니가 없어서야 원."

난숙이 엄마는 난숙이를 쳐다보며 큰소리로 말했다.

"엉뚱한 소리 그만하고 와서 펌프질이나 해!"

난숙이 엄마는 쪼그리고 앉아 산더미처럼 쌓인 빨래를 빨았다. 기계 같은 손놀림이었다. 난숙이가 엄마 팔을 잡아당겼다.

"엄마, 나 루시 정말 싫어. 학교에서도 같은 반이라 지겨운데 집에서까지 같이 밥을 먹어야 하느냐 말이야."

난숙이 엄마는 낮은 목소리로 말했다.

"그만해라."

난숙이는 엄마에게 더 크게 대들었다.

"엄마, 애들이 루시한테 더럽다고 난리를 치는데, 나는 그 더러운 애랑 같은 집에서 꼭 살아야 하냐고! 루시네서 돈 받는 것도 애들이 놀린단 말야!"

난숙이 엄마는 하던 빨래를 대야에 집어 던졌다. 그리고 난숙이 등을 세게 내리쳤다. 비누 거품이 사방에 튀었다.

"씻지 않는 니가 더 더럽다. 먹고사는 일이 그리 녹록한 건지 알아?"

난숙이는 매를 피하느라 등을 구부렸다. 그러자 머리가 헝클어졌다.

"나, 무조건 싫어! 루시네 이사 가라고 해!"

난숙이는 펌프질을 서너 번 하다 말고 방으로 휙 들어가 버렸다.

나는 대문 밖에서 난숙이가 한 말을 다 들었다. 마음 같아서는 난숙이를 한 대 패 버리고 싶었다. 나는 숨을 크게 들이쉬었다. 대문을 열고 집으로 들어갔다.

나는 난숙이 엄마에게 인사했다.

"큰엄마, 학교 다녀왔습니다."

난숙이 엄마는 나를 보자 당황했다.

"어, 어서 오너라. 루시 왔구나."

할아버지 방 안에서 라디오 소리가 들렸다.

"올해도 창경원에는 벚꽃이 만발할 것으로 예상됩니다. 또한 올해 어린이날인 5월 5일에 어린이대공원 개원을 앞두고 행사 준비에 바쁩니다. 올해는 많은 어린이가 어린이대공원을 찾을 것으로 예상됩니다."

대공원이라는 말에 귀가 솔깃했지만 나와는 상관없는 일이었다. 나는 방에 가방을 던져 놓고 편안한 일상복으로 갈아입었다. 그리고 빨래터로 나왔다. 나는 난숙이 엄마 일을 돕고 싶었다.

"큰엄마, 제가 펌프질할까요?"

난숙이 엄마는 고개를 절레절레 흔들었다.

"됐다! 니 엄마 보면 난리가 날 텐데."

난숙이 엄마는 고개를 크게 가로 저었다.

"엄마 벌써 나가고 없던데요. 뭘!"

"나가는 거 못 봤는데. 벌써 일 갔나?"

나는 두 팔에 힘을 주고 펌프질을 시작했다. 난숙이 엄마는 옅은 미소를 지으며 내가 하는 대로 두었다. 난숙이 엄마는 수북이 쌓인 빨래를 고무 대야에 넣고 헹구기 시작했다.

난숙이는 내가 펌프질하는 것을 보고 입을 삐죽거렸다.

"치, 착한 척은!"

난숙이는 철 대문을 발로 세게 차며 밖으로 휭하니 나가 버렸다.

"저거, 저거 버릇없는 거 봐라!"

난숙이 엄마는 대문에 대고 손가락질을 했다. 나는 난숙이 엄마와 빨래를 빨랫줄에 널었다.

"루시야, 도와줘서 고맙다. 나머지는 큰엄마가 할게!"

나는 집 밖으로 나왔다.

꽃드리 마을을 발밤발밤 걸었다. 좁은 골목길을 돌고 돌다 보니 미군 부대가 보였다. 미군들이 부대 안에서 왔다 갔다 했다. 나는 또다시 엄마, 아빠 생각이 났다.

"저 안에서 엄마가 일하고 있겠지."

그냥 마음이 누그러질 때까지 걸어 다녔다. 새벽에 머리 아파했던 엄마가 떠올랐다. 엄마의 그런 모습이 싫어 고개를 가로저었다. 기찻길을 따라 걸었다. 연탄 가게가 보였다. 연탄을 죽 쌓아 올려놓은 창고 문을 열어 놓은 채 빼빼 마른 용만이 아버지가 리어카에 연탄을 싣고 있었다. 용만이를 생각하면 화가 났지만 연탄 가게 빼빼 아저씨는 마을에서 인심 좋은 아저씨였다.

걷다 보니 기찻길에서 꼬마 남자아이 둘이 장난을 치며 놀고 있는 게 보였다. 나는 남자아이들 곁으로 가서 쪼그리고 앉았다.

바로 그때였다. 용만이 형 철만이 패거리들이 내 곁으로 다가왔다. 철만이는 나를 발로 탁탁 쳤다. 나머지 세 명의 패거리는 실실 웃음을 흘리고 서 있었다. 꼬마들은 철만이가 무서운지 슬

금슬금 도망갔다.

"어이, 튀기, 여기서 뭐 하냐?"

나는 속으로 겁이 났지만 센 척했다.

"애들이랑 놀아요. 왜요?"

"야, 니가 애냐? 이 오빠랑 노는 거 어때?"

철만이는 침을 땅바닥에 찍찍 뱉으며 실실 웃었다.

나는 철만이의 웃음에 소름이 끼쳤다.

"햐, 얼굴이 까맣긴 해도 니가 이쁘게는 생겼구나!"

철만이는 나의 치맛자락을 펄럭거렸다.

"왜 이래요!"

나는 격하게 철만이 팔을 쳤다.

"그 손 안 놔!"

바로 그때, 뒤에서 정식이 오빠 목소리가 들렸다. 오빠는 검정 교복에 모자까지 단정히 쓰고 있었다. 거기에 모범생답게 책을 들고 있었다.

"야! 장철만 그 손 치우지 못해!"

정식이 오빠가 나를 보자마자 뛰어왔다. 오빠는 철만이 앞에 섰다.

"야, 장철만, 창피하게 마을에서 어린 동생한테 이게 뭐냐?"

정식이 오빠는 운동 신경도 좋아 싸움도 곧잘 했다. 공부도 잘하고 모범생인 오빠를 철만이는 늘 못마땅해했다. 철만이는 정식이 오빠가 만만하지 않다는 걸 알고 있었다.

"동생 좋아하네. 너 얘 튀기 좋아하냐?"

철만이는 정식이 오빠보다 한 살이 어린데도 절대 형이라고 부르지 않았다. 철만이는 오빠를 노려보았다. 철만이 패거리들이 가만있을 리 없었다. 패거리들이 정식이 오빠의 목과 양팔을 잡았다. 오빠 손에 있던 책이 땅바닥에 툭 떨어졌다. 갈매기가 힘찬 날갯짓을 하는 그림이 그려져 있는 책장 사이로 흙먼지가 날렸다. 아무리 힘이 좋다고 해도 정식이 오빠가 넷을 당할 수 없었다. 오빠의 팔에서 벗어난 철만이가 오빠 배를 세게 쳤다.

퍽, 퍽, 퍽!

정식이 오빠는 몸을 웅크린 채 꼼짝없이 당했다. 나는 철만이에게 마구 발길질을 했다. 철만이는 내 발길질에 쩔쩔맸다. 그때 난숙이 목소리가 들렸다.

"오빠!"

난숙이는 철만이 패거리들 앞으로 뛰어왔다.

"우리 오빠 그만 때려."

땅바닥에 떨어진 갈매기 책이 철만이 발에 밟혔다. 나는 땅바닥에 있는 갈매기 책을 재빨리 주웠다. 그리고 난숙이와 함께 철만이 패거리들에게서 정식이 오빠를 떼어 내려 안간힘을 썼다. 나는 철만이 왼쪽 팔을 물어뜯었다. 그러고는 오른발로 철만이의 급소를 세게 걷어찼다.

"아악, 아악!"

철만이는 그 자리에서 무릎을 꿇으며 아파서 쩔쩔맸다. 나는 마치 미친개처럼 뛰었다.

"이게, 미쳤나?"

철만이는 어이없다는 듯 소리치며 나를 밀쳤다. 나는 쓰러지며 소리쳤다.

"Get out! (꺼져!)"

철만이는 정식이 오빠의 얼굴에 주먹을 날렸다. 오빠는 고스란히 철만이의 주먹을 받아 내야 했다. 오빠가 몸을 빼내려 몸부림치다가 교복 단추가 투툭 떨어졌다. 땅바닥에 단추 두 개가 데굴데굴 굴렀다. 정식이 오빠 코에서 코피가 났다.

"아, 울 오빠 피 난다. 어떡해!"

난숙이는 오빠의 피를 보고 놀라 안절부절못했다. 철만이는 손바닥을 탁탁 털면서 말했다.

"야, 이정식! 잘난 체 좀 하지 마라. 응? 너 이 깜둥이랑 같은 집에서 사니까 좋냐? 아휴, 더러워서 정말. 퉤 퉤."

철만이는 나를 쳐다보았다.

"야, 깜둥, 난 너만 보면 재수가 없어. 저리 꺼져!"

철만이는 나에게 발길로 차인 곳이 아픈지 다리를 절룩거렸다. 철만이 패거리들은 옷매무시를 다듬으며 자리를 떴다.

난숙이는 나에게 소리쳤다.

"야, 너 정말 오늘부터 우리 집에 절대 오지 마. 이게 다 너 때문이야!"

난숙이는 오빠를 보며 울먹였다. 정식이 오빠는 코피를 손등으로 쓱 문지르며 말했다.

"난숙아, 그만해!"

난숙이는 화를 못 참겠다는 듯이 발을 동동 구르며 대들었다.

"오빠는 그리 두들겨 맞고도 화 안 나?"

나는 정식이 오빠에게 말했다.

"오빠, 미안해. 괜히 나 때문에 코……피……."

난숙이는 내 말이 끝나기도 전에 갑자기 내 머리를 잡아당겼다.

“이게 다 너 때문이라구!”

정식이 오빠는 난숙이를 말렸다.

“너, 진짜 오빠한테 혼나 볼래? 왜 자꾸 루시를 가지고 뭐라고 그러는 거야?”

정식이 오빠는 난숙이를 끌고 가며 말했다.

“루시야, 맘 쓰지 마.”

오빠는 난숙이 팔을 잡고 부리나케 집으로 향했다. 나도 뒤따라갔다.

나는 오빠에게 말했다.

“오빠, 책.”

오빠는 책을 받아서 들며 나를 보며 어색하게 웃었다.

“아, 이거 내가 아끼는 책인데 짓밟힐 뻔했네. 고맙다, 루시야.”

난숙이는 걸어가면서 투덜댔다.

“고맙긴, 뭐가 고마워. 루시가 미안해해야지.”

정식이 오빠 왼쪽 빰이 벌겋게 부어오르기 시작했다. 오빠는 볼을 만지며 말했다.

“절대 루시 때문에 이렇게 됐다고 말하지 마. 철만이 얘기도 꺼내지 말고. 너와 나만 알고 있는 비밀이야, 알았지!"

정식이 오빠는 난숙이에게 신신당부했다. 나는 오빠에게 정말 미안했다. 나는 둘의 뒤를 따라 느릿느릿 걸었다.

나는 큰 소리로 말했다.

"오빠 미안해. 다 나 때문이야!"

비밀 아지트

집에 도착했다. 집 대문 우체통에 우편물이 꽂혀 있었다. 누런 편지봉투, 하얀 편지봉투, 그리고 빨간 줄과 파란 줄이 그어져 있는 봉투가 보였다. 정식이 오빠는 우편물을 손에 쥔 채 대문을 열고 집에 들어섰다.

"학교 다녀왔습니다."

난숙이 엄마는 오빠의 멍든 얼굴을 보자마자 한걸음에 달려 나왔다.

"얼굴이 왜 이 모양이냐? 누가 그랬어?"

난숙이 엄마는 정식이 오빠 팔을 잡고 부들부들 떨었다. 오빠가 대답하지 않자 다그쳐 물었다.

"우리 아들 얼굴을 누가 이렇게 해 놓았느냐구?"

오빠는 멋쩍게 웃으며 말했다.

"전봇대에 부딪쳤어요. 정신없이 책 읽으며 걸어오다가 그만."

난숙이 엄마는 난숙이를 쳐다보았다. 그리고 뒤에 따라 들어온 나를 쳐다봤다.

"난숙이 너, 오빠 이렇게 다친 거 봤어?"

난숙이는 천연덕스럽게 거짓말을 했다.

"아니, 오빠 집 앞에서 만났어."

할아버지가 방에서 나왔다. 할아버지는 희고 긴 턱수염을 만지며 정식이 오빠 얼굴을 살폈다.

"정식이 너는 이 집안에 장손이다. 니 형 그렇게 보내 놓고 이 할애비 마음이 얼마나 아픈 줄 아느냐? 니 몸은 너 혼자만의 것이 아니다. 알았느냐?"

"네. 할아버지 명심하겠습니다."

할아버지는 큰기침을 한 번 하더니 다시 방으로 들어갔다. 할아버지는 매일 틀어 놓는 트랜지스터라디오 소리를 조금 더 키웠다. 노래가 흘러나오고 있었다.

"한 많은 대동강아, 변함없이 잘 있느냐. 모란봉아, 울밀대야,

네 모양이 그립구나. 철조망이 가로막혀 다시 만날 그때까지 아~ 소식을 물어본다. 한 많은 대동강아."

할아버지의 구성진 노랫소리가 방 안에서 흘러나왔다. 할아버지는 슬픔이 목까지 차오르면 흥얼흥얼 노래를 불렀다.

난숙이 엄마는 정식이 오빠와 난숙이에게 어서 방으로 들어가라는 눈짓을 했다.

난숙이 엄마는 부엌으로 들어가 저녁 준비를 했다.

나는 우리 방으로 왔다. 댓돌 위에 엄마의 부츠가 가지런히 놓여 있었다. 순간 엄마가 있나 했다. 방문을 열었다. 엄마는 일을 가고 없었다.

나는 저녁을 먹기 위해 난숙이네 집으로 갔다. 난숙이는 나를 보는 순간 인상을 쓰며 입술을 앙다물었다. 화를 참고 있는 모습이 역력했다.

나는 난숙이 엄마에게 다가갔다.

"큰엄마, 저도 도울게요."

난숙이 엄마는 정식이 오빠 일로 마음이 상해 있었다.

"그냥 들어가 있거라."

난숙이 엄마는 무거운 목소리로 대답했다. 난숙이는 나를 보고 주먹질했다. 난숙이는 엄마에게 다 말해 버리고 싶은 걸 꾹 참는 듯 보였다. 난숙이 엄마는 가위로 김을 자르고 있었다. 들기름에 잰 김에서 고소한 냄새가 났다.

저녁 밥상에 빙 둘러앉았다. 난숙이는 내 머리를 쳐다보더니 머리를 확 잡아당겼다.

"아얏!"

나는 깜짝 놀라 소리쳤다. 난숙이는 먹던 숟가락을 세게 내려놓으며 말했다.

"아, 진짜 같이 못 먹겠네."

밥상에 둘러앉아 있던 가족들이 일제히 난숙이를 쳐다보았다. 난숙이 엄마가 할아버지 눈치를 보며 말했다.

"난숙이 너 지금 할아버지 앞에서 그게 무슨 버르장머리 없는 짓이야?"

난숙이는 나를 노려보며 씩씩거렸다. 난숙이 할아버지는 크게 헛기침을 한 번 했다.

"크으흠!"

난숙이네 가족은 할아버지의 헛기침 소리 한 번에 모두 긴장했다. 정식이 오빠가 난숙이 손을 잡고 밖으로 나갔다. 나는 밥이 넘어가지 않았다.

철만이 패거리들과 그런 일이 있고 난 후부터 난숙이의 심술은 더욱더 심해졌다.

그러는 사이 오월이 다가오고 있었다. 나뭇잎은 어느새 잎이 무성해져 온 세상이 초록이었다. 나는 집 뒷산에 있는 비밀 아지트가 생각났다. 아빠와 같이 살았을 때 종종 산을 오르곤 했었는데 그때 발견한 방공호이다. 아주 어린 나이였지만 그때의 기억이 생생했다. 6·25 전쟁 때 적의 공격을 피하려 산속에 파 놓은 굴이나 구덩이들이 많은데 그 방공호는 아마 그중 하나인 것 같았다.

이곳은 나와 엄마, 아빠 셋이 함께 놀던 장소인데 아빠가 떠난 후 엄마와는 단 한 번도 오지 않았다. 그래서 자연스럽게 나 혼자만의 비밀 아지트가 되었다.

아카시나무 꽃이 피기 시작하면서 산은 온통 하얀 실타래를 풀어 놓은 듯했다. 꼭 아기 종을 매달아 놓은 것 같았다. 두 눈을 감고 있으면 아카시나무 꽃향기가 진하게 나의 코끝에 머물렀다. 그 향에 취해 아무 생각도 나지 않았다. 그 느낌이 참 좋았다.

학교 수업이 끝나고 나는 비밀 아지트에 갈 생각이었다. 오늘처럼 가슴이 답답한 날은 뒷산에 오르는 게 최고였다. 나는 학교 수업이 끝나자마자 아지트로 향했다. 도이가 뒤쫓아 오며 말했다.

"루시, 니 어데 가는데?"

그 옆에 난숙이도 있었다. 난숙이는 나와 도이를 빤히 쳐다보고 있었다. 도이가 나와 있는 것만 봐도 심술이 나는 난숙이었다.

"아까시나무 향기가 불러서 간다. 왜?"

난숙이가 옆에서 퉁명스럽게 말했다.

"아까시나무 향기가 널 불러? 웃기고 있네."

도이는 무슨 말인지 모르겠다는 듯이 나에게 다시 물었다.

"만다꼬? 가시나야 쉽게 말 좀 해 보레이."

나는 도이를 보고 큰 소리로 웃었다. 난숙이는 집으로 가지 않고 도이를 따라왔다. 도이는 난숙이와 내가 사이가 안 좋은 걸 알고 중간에서 화해시키려 했다.

"난숙이 니도 같이 가자. 루시가 아까시나무 향기 어쩌고 하는데 우리도 오랜만에 뒷산 함 가 보자."

나는 난숙이가 함께 가는 게 못마땅했다. 하지만 지난번 철만이 사건을 난숙이 엄마에게 고자질 안 한 것을 보고 속으로 조금

고마운 마음이 들었다. 도이의 말에 난숙이는 가기 싫은데 억지로 가는 척 말했다.

"난 뭐 가기 싫은데 도이 니가 가자고 하니까 가는 거야."

얼떨결에 셋이 산을 오르게 되었다. 뒷동산은 아이들이 오르기에 딱 좋은 낮은 오르막이었다. 산을 오르다 보니 나무와 나무 사이에 빨간 삐라가 보였다. 나는 예전에 담임선생님에게 들었던 삐라에 대한 이야기가 떠올랐다. 6·25 전쟁 당시에는 한국과 유엔군, 그리고 북한군(인민군)이 상대방에 대한 심리전의 대상으로 '삐라'를 활용했다고 했다. 삐라는 6·25 전쟁 이후 이곳저곳에 뿌려졌다. 내용도 여러 가지였다. 북한에서 남한을 대상으로 만들어 국민들이 볼 수 있도록 만들어 살포하는 것이다. 북한 삐라는 남한 사회의 정치·사회적 혼란을 부채질하고, 북한 체제가 우월하다고 선전했다. 또한 섬뜩한 그림이 매우 자극적이었다. 삐라는 발견 즉시 학교 선생님에게 가져다주거나 파출소에 가져다주어야 했다. 삐라를 가져다주면 공책이나 연필로 바꿔 주기도 했다.

"루시야, 삐라 있네. 이거 가져다주고 공책 한 권 받으면 되겠고마."

도이는 삐라를 줍기 위해 손과 발이 빨라졌다.

"도이야, 그거 선생님께 꼭 갖다 드려야 해. 안 그러면 큰일 난다."

나도 숲을 헤치며 삐라를 주워 도이에게 주었다.

"아, 저 총 겨누고 피 줄줄 흐르는 그림 좀 봐. 무서워."

난숙이는 삐라에 그려져 있는 그림들을 보고 눈을 질끈 감았다. 도이는 루시가 준 삐라를 접어 주머니에 넣었다. 그런 도이를 보고 나는 말했다.

"야, 도이야, 오늘 내가 파마해 줄까?"

도이는 내 머리처럼 곱슬거리면 좋겠다고 말한 적이 있었다.

도이는 좋아서 입꼬리가 자꾸 올라갔다 내려왔다.

"루시, 니 파마도 할 줄 아나? 가시나 몬 하는 게 없네."

나는 도이 손을 잡고 산에 올라갔다. 난숙이는 나와 도이가 잡은 손을 째려보았다.

뒷산은 그리 높지 않아서 초등학교 때 체육 시간에도 종종 뛰어다니던 산이다. 밤나무, 굴참나무, 미루나무, 상수리나무가 모여 숲을 이루고 있었다. 숲에서 새 소리가 들렸다. 난숙이는 열심히 나를 따라왔다. 우리는 아카시나무 아래로 갔다. 축축 길게 늘어진 아카시나무 꽃이 하얀 눈처럼 나뭇가지 위에 매달린 걸 보고 도이가 말했다.

“꽃향기가 참 좋데이.”

도이는 노래를 흥얼거렸다.

“커피 한잔을 시켜 놓고 그대 올 때를 기다려 봐도 웬일인지 오지를 않네. 내 속을 태우는구려.”

난숙이가 도이 노래를 듣다가 말했다.

“도이 너는 커피 맛을 알기나 하냐? 그리고 그대는 또 뭐니? 아유.”

도이는 그러거나 말거나 계속 노래를 불렀다.

“8분이 지나고 9분이 오네. 1분만 지나면 나는 가요.”

도이는 리듬을 타며 엉덩이를 살살 흔들었다. 검지를 세워 흔들면서 1분을 강조했다. 나와 난숙이는 어느새 도이의 노래에 빠져들고 있었다. 내가 말했다.

“도이 너는 이담에 가수 하면 되겠네.”

도이는 박수를 치며 좋아했다.

“루시야, 나 노래 소질 있나? 진짜 가수 해 볼까?”

도이는 기분이 좋아 흥얼거렸다.

나는 아카시나무 줄기를 잡아 꽃 한 송이를 뜯었다. 키가 큰 아카시나무인데도 팔을 내미니까 꽃에 금방 닿았다. 나는 꽃잎을 따서 손바닥에 수북하게 놓으며 말했다.

"도이야, 먹어 봐."

난숙이는 내 손바닥에 있는 꽃잎을 보더니 도이보다도 더 빨리 입을 가져다 댔다.

"음, 맛있네."

나와 도이는 난숙이를 보고 크게 웃었다.

셋은 꽃을 한 움큼 입안에 넣었다. 꽃향기가 입안 가득했다. 나는 아카시나무 나뭇잎을 보며 말했다.

"도이야, 우리 나뭇잎 하나씩 따서 잎 따기 놀이 하자."

도이는 히죽거리며 웃었다.

"요 가시나가 모르는 놀이가 없고마."

나는 도이와 가위바위보를 하며 잎 따기 놀이를 했다. 도이는 난숙이에게 같이 하자고 했지만, 난숙이는 심드렁하게 대답했다.

"나는 됐어, 너희나 해!"

나는 난숙이가 신경 쓰였다. 도이와 다 뜯어낸 아카시아 나뭇잎 줄기를 가지런히 모아 왼손에 꼭 쥐었다. 나는 도이에게 말했다.

"도이야, 이리 따라와 봐!"

나는 내키지 않았지만, 난숙이에게도 말했다.

"난숙아, 너도 이리 와 봐."

나는 도이와 난숙이에게 어서 오라는 손짓을 했다. 비밀 아지트는 숲이 우거진 곳에 있었다. 그리 크지 않은 시멘트로 만든 미니 동굴이었다. 몸을 숙여 둘은 아지트 안으로 들어갔다. 바닥에 깔고 앉을 거름 포대가 세 장 있었다.

"여기가 바로 나만의 비밀 아지트 방공호야. 어렸을 때 엄마 아빠랑 가끔 왔었던 곳."

나는 방공호 안을 한 바퀴 돌았다. 어렸을 때는 넓어 보였었는데 지금 보니 그리 넓지 않았다. 나는 아빠가 벽에 새긴 글씨를 다시 한번 확인했다. 너무 오래되어 잘 보이지 않는 글씨를 찾느라 나는 눈이 동그래졌다. 난숙이와 도이는 방공호 안을 두리번거렸다.

"루시야, 여기 참 좋다. 방 같고 좋네. 이건 꼭 창문 같데이. 난 이런 데 들어와 보는 건 처음이고마."

도이는 방공호에 쪼그리고 앉았다. 난숙이도 도이를 따라 앉았다. 나는 기억을 더듬어 먼지가 뽀얗게 앉아 있는 벽을 이리저리 살펴보았다. 잔뜩 묻어 있는 흙먼지를 털어 내니 삐뚤빼뚤 희미한 글씨체가 보였다. 드디어 찾았다.

"프리티 루시 사랑해. 아빠가."

나는 손바닥으로 먼지를 털어 냈다. 잠깐 아빠를 생각했다. 가슴이 저린 듯 따끔하더니 온몸이 따뜻해졌다. 난숙이가 나에게 말했다.

"너 여기 혼자 오면 무섭지 않아?"

난숙이는 잔뜩 겁먹은 표정으로 나를 쳐다보았다. 조금 어둡긴 해도 그런대로 아늑한 맛이 있는 이곳이 참 편안했다.

"무섭기는? 나는 여기 앉아 있으면 마음이 따뜻하고 평온해져. 나만의 비밀 아지트, 아무도 모를걸. 특별히 너희한테만 알려 주는 거야."

나는 난숙이가 이렇게 겁이 많은 애인 줄 처음 알았다. 거름 포대 자루 세 개를 좍 폈다.

"도이야, 지금부터 내가 파마해 줄 테니까 얌전히 앉아 있어야 해."

나는 도이 앞에 앉으며 말했다.

"루시야, 아까시 파마 하믄 니처럼 보글보글해지나?"

도이는 눈을 깜빡깜빡하며 기대된다는 듯 말했다. 나는 고개를 크게 끄덕였다.

"루시, 나한테는 파마해 준다는 소리 왜 안 해?"

난숙이는 작은 눈으로 나를 쳐다보더니 입꼬리를 살짝 내리며 말했다. 나는 난숙이의 말에 피식 웃음이 나왔다.

"왜, 너도 하고 싶냐?"

난숙이는 고개를 작게 끄덕였다.

"도이 해 주고 너도 해 줄게. 내가 큰 인심 썼다."

셋은 서로 얼굴을 보고 웃었다. 도이 머리를 아카시나무 줄기로 돌돌 말았다. 머리를 빙 돌아가며 말아 놓으니 정말 미장원에서 한 것처럼 그럴듯해 보였다. 그러고 나서 난숙이 머리도 몇 가닥 돌돌 말아 주었다.

"루시야, 니 이런 건 어떻게 알았노? 나는 처음 해 본 데이."

도이는 신기한 듯이 돌돌 말은 머리를 만지작거리며 말했다.

아빠가 미국으로 돌아가기 전에 나는 엄마와 참 많은 놀이를 했었다. 어릴 때 놀았던 놀이는 추억이라는 창고에 고스란히 남아 있었다. 셋은 아무 말도 하지 않은 채 비밀 아지트에 나란히 앉아 있었다. 간간이 부는 초여름 바람이 싱그러웠다. 숲속 나뭇잎들이 바람과 속닥거리는 소리가 들렸다.

난숙이는 머리를 만지작거렸다. 기분이 좋아 보였다. 내가 도이 어깨에 손을 얹으며 말했다.

"도이야, 파마 푸를 시간이야!"

바로 그때였다. 사람들의 발소리가 들렸다. 나는 검지를 입술에 대며 도이와 난숙이에게 조용히 하라는 신호를 보냈다.

"쉿!"

사이렌 소리

사람의 발소리라고 하기에는 소리가 컸다. 가만히 들어 보니 군화 소리였다. 언젠가 산에서 미군들이 고등학생 언니들을 때렸다는 소문이 난 적 있었다. 가끔 나쁜 군인들이 폭행을 저지르는 일 때문에 마을 사람들은 미군들을 경계했다. 나는 마을에서 군인을 만났을 때와는 다른 기분이 들었다. 도이와 난숙이는 겁을 먹었는지 고개를 푹 숙이고 있었다.

군인의 발소리가 멈췄다. 말소리도 안 들렸다. 난숙이가 나의 등을 밀었다.

"루시야, 갔나 봐 봐."

나는 아지트 밖으로 고개를 빼꼼 내밀었다. 난숙이도 나를 따라 아지트 밖으로 고개를 내밀었다.

"꺄악!"

난숙이가 깜짝 놀라 소리쳤다. 백인 미군이 방공호 앞에서 셋을 빤히 내려다보고 있었다. 도이도 놀라기는 마찬가지였다.

미군이 씩 웃었다. 나는 그 웃음이 기분 나빴다. 미군의 입에서 술 냄새가 훅 풍겼다.

"헬로우!"

미군이 흐느적거리며 초콜릿과 사탕을 주머니에서 꺼내 난숙이게 줬다. 난숙이는 미군의 손을 매몰차게 쳤다. 미군이 발걸음을 옮겨 아지트 안으로 들어오려고 했다. 나는 벌떡 일어나 양손을 허리에 얹고 미군 앞에 섰다.

"여기가 어디라고 들어오는 거야?"

그리고 도이와 난숙이에게 말했다.

"도이야, 난숙이랑 빨리 거기서 나와."

미군이 도망가려는 도이와 난숙이 손을 잡았다. 미군은 난숙이와 도이 머리를 보더니 큰 소리로 웃었다.

"헤어 스타일. 빠마? 크크크."

도이와 난숙이는 벌벌 떨었다. 도이는 미군을 밀치며 빠져나왔다. 난숙이만 미군에게 잡혀 있었다. 나는 미군을 노려보며 말했다.

"Let go of that hand. (그 손 놔.)"

난숙이는 잔뜩 겁을 먹은 채 눈물을 뚝뚝 흘리고 있었다.

"아, 아파. 이 손 놔. 놓으라구."

난숙이는 발을 동동 구르며 말했다. 그럴수록 미군은 손에 힘을 더 주었다. 난숙이를 잡은 손에 핏줄이 서 빨갰다.

도이는 내 뒤에 서서 눈치만 살피고 있었다. 미군을 밀치며 내가 소리쳤다.

"Do not touch. (손대지 마.)"

난숙이 손을 잡고 있던 미군이 어깨를 으쓱하며 아무렇지 않은 듯 웃으며 말했다.

"What I do? (내가 뭘?) I want to back to the United States. (나도 미국으로 돌아가고 싶다.)"

도이가 말했다.

"루시야, 저 미군 뭐라카노? 영어로 뭐라고 쏼라 대는지 나는 모르겠구마."

미군은 뜬금없는 말을 했다.

미군은 나의 태도에 기분이 나빴는지 표정이 일그러졌다. 언젠가 아빠도 그런 말을 한 적이 있었다. 6·25 전쟁 때문에 한국에 왔지만, 아빠 마음대로 미국으로 돌아갈 수 없어서 속상하다고 말이다. 급급한 상황인데, 순간 이 미군도 고향이 그리운가 하는 생각이 들었다. 그러나 술에 너무 취해 상태가 너무 안 좋았다.

나는 어떻게 해서든지 난숙이를 구해야겠다고 생각했다.

"난숙아, 내가 미군 급소를 칠 거니까 그때 너는 빨리 집으로 가는 길로 뛰어! 남자들은 급소 한 방이면 끝나거든. 알았지?"

난숙이는 눈물을 뚝뚝 흘리며 고개를 끄덕였다.

나는 미군에게 말했다.

"Let go of that hand. (그 손 놔.)"

미군은 실실 웃으며 고개를 절레절레 흔들었다.

"No deal! (싫어, 안 돼!)"

나는 미군 급소를 발로 세게 찼다.

미군은 난숙이를 잡았던 손을 놓고 아파서 쩔쩔맸다. 난숙이는 그 틈을 타 도이 손을 잡고 산을 뛰어 내려왔다. 미군이 우리를 따라오며 말했다.

"You're standing there! (거기 서!)"

나는 산 아래를 손가락으로 가리키며 큰 소리로 말했다.

"Go, Go! (가자, 가!)"

바로 그때 오른쪽 미군 부대에서 위급 상황을 알리는 사이렌 소리가 울렸다.

왜애앵, 에앵.

나와 도이, 난숙이는 사이렌 소리까지 들리자 더 정신이 없었다. 산에서 어떻게 내려왔는지 몰랐다. 난숙이와 도이 머리는 아까시나무 나뭇잎 줄기로 말아 놓은 상태 그대로였다. 나는 숨을 고른 후 둘의 머리를 풀어 주었다. 그 와중에 난숙이와 도이 머리를 보니 웃음이 절로 나왔다. 도이와 난숙이는 서로의 머리를 보고 키득거리며 웃었다. 나는 여유 있게 웃고 있을 새가 없었다. 엄마 생각이 났다.

"얘들아, 나 먼저 갈게. 사이렌 소리를 들으면 엄마가 머리 아파하거든."

도이가 말했다.

"미군 부대에서 뭔 일이고? 에고 무서버라. 혹시 북한에서 또 쳐들어온 거 아이가?"

나는 도이에게 다급히 말했다.

"도이야, 나 엄마한테 가 봐야 해."

나는 산에서 뛰어 내려왔다. 내려오는 동안에도 사이렌 소리는 그치지 않았다.

앵 애앵.

나는 쉬지 않고 뛰었다. 난숙이와 도이도 덩달아 뛰었다. 숨이 턱까지 차올랐다. 집에 가까워졌다. 도이네 집은 우리 집에서 30분은 더 걸어가야 했다. 미군 부대 아래쪽으로 죽 걷다가 개울을 하나 건너면 있다고 했다. 도이가 숨을 고르고 나에게 말했다.

"루시야, 별일 없을 끼다. 나 간다. 난숙이도 잘 가그레이."

도이는 내가 걱정되는지 한숨을 쉬다가 집 쪽으로 걸어갔다.

난숙이는 아직도 겁이 나는지 나를 따라오며 말했다.

"루시야, 같이 가."

연탄 가게 빼빼 아저씨가 나를 보더니 큰 소리로 불렀다.

"루시야! 루시야!"

나와 난숙이는 동시에 빼빼 아저씨를 쳐다보았다. 나를 부르는 아저씨의 목소리가 얼마나 급한지 숨까지 헐떡이고 있었다.

"루시야, 엄마, 니 엄마가……."

빼빼 아저씨가 끌고 오는 리어카가 보였다. 리어카 밖으로 엄마의 구불구불한 파마머리가 흘러 내려와 있었고, 부츠 한 짝은 벗겨져 맨다리가 보였다. 나는 깜짝 놀라 아저씨가 끌고 내려오는 리어카를 향해 뛰었다. 난숙이도 따라서 뛰었다.

"엄마! 엄마!"

엄마는 리어카 바닥에 축 늘어져 정신을 차리지 못했다. 술 냄새가 났다. 나는 그런 엄마를 보니 화가 났다. 매일 마시는 술이었지만 오늘은 엄마가 이상했다.

"아저씨, 우리 엄마 왜 이래요?"

나는 눈물이 왈칵 쏟아졌다. 그러는 사이 사이렌 소리는 더 이상 들리지 않았다.

"아유, 말도 마라. 내가 연탄 배달하고 오는데 엄마가 길거리에 쓰러져 있지 뭐냐. 어찌나 놀랐는지. 아마 너희 아빠랑 살던 마드리 마을에서 마시고 걸어온 것 같구나. 내가 그 근처까지 연탄을 배달하고 돌아오던 길이었거든."

나는 사이렌 소리에 고통스러워했을 엄마를 생각하니 가슴이 무너져 내렸다. 아무리 마셔도 정신을 놓을 정도는 아니었다. 그런데 오늘은 다른 날보다 심했다. 난숙이는 빼빼 아저씨에게 말했다.

“아저씨, 루시 엄마 괜찮을까요?”

아저씨는 우선 집에 가서 편안히 쉬게 하자며 리어카를 끌고 난숙이네 집으로 갔다. 평소에 엄마와 나를 못마땅해하던 마을 아주머니가 한마디 했다.

“루시 엄마 또 술 먹었나? 내가 정신 시끄러워 못 살겠다.”

아주머니는 나를 보고 혀를 끌끌 찼다. 엄마 술버릇 때문에 종종 싫은 소리를 듣고 있던 터였다.

집에 도착했다. 나는 훌쩍거리며 오늘따라 무겁기만 한 대문을 겨우 열었다. 난숙이도 곁에서 도왔다. 난숙이는 벗겨진 부츠 한 짝을 챙겼다.

난숙이 엄마가 부엌에서 나왔다.

“루시야, 니 엄마 왜 이런다니?”

“어어 엄마가, 쓰러져 있었대요.”

난숙이 엄마는 연탄 가게 아저씨에게 재차 물었다.

“아저씨, 루시 엄마 왜 이래요?”

“아, 배달하고 오다가 길거리에 쓰러져 있는 걸 봤어요. 술을 많이 먹은 모양이에요.”

"아휴, 그 쓰디쓴 술을 왜 이리도 많이 마셨을꼬."

난숙이 엄마가 엄마 쪽으로 다가왔다. 방에서 할아버지가 나왔다.

"밖이 왜 그리 시끄러운가?"

할아버지는 엄마를 보고 아무 말도 하지 않았다.

"자네 수고 많았네."

할아버지는 빼빼 아저씨에게 그 한마디 하고는 난숙이 머리를 보았다.

"난숙이 머리는 모양새가 왜 그러느냐?"

할아버지는 큰기침하더니 대수롭지 않은 듯 다시 방으로 들어갔다. 라디오 소리가 더 크게 들렸다.

호통칠 줄 알았던 할아버지가 순순히 방으로 들어갔다. 나는 다행이라고 생각했다. 난숙이도 할아버지한테 혼날 줄 알았는데 아무 말이 없으니 다행이라고 생각하는 것 같았다. 난숙이 엄마는 난숙이 머리를 보더니 어이가 없다는 듯 혀를 끌끌 찼다.

나는 계속 울먹거리며 난숙이 엄마 손을 잡았다.

"큰엄마, 울엄마 괜찮을까요?"

난숙이 엄마는 그제야 숨을 크게 내쉬며 말했다.

"술이 과해서 그런 것이니 푹 자고 나면 술이 깰 거야. 그럼 정신이 좀 들겠지."

난숙이 엄마는 나의 등을 쓸어내리며 말했다.

"루시야, 오늘은 엄마 곁에 있거라. 엄마 오늘은 일도 못 가시겠구나."

빼빼 아저씨는 리어카를 끌고 돌아서며 혼잣말했다.

"그리움도 한도 깊어지면 병이 되기 마련이지. 얼마나 한이 맺혔으면 저럴 거야."

빼빼 아저씨는 리어카를 끌고 나갔다. 나는 아저씨에게 인사를 하고 방으로 들어갔다. 난숙이 엄마는 엄마의 이부자리를 봐주었다.

"루시야, 술 깨는 약 좀 사 올게."

"네, 큰엄마 고맙습니다."

"너무 걱정하지 마. 한숨 푹 자고 나면 괜찮을 거야."

난숙이 엄마는 내 손을 꼭 잡아 주며 다독였다. 그러고는 밖으로 나갔다. 나는 엄마가 불쌍하다가도 화가 났다. 리어카에서 묻은 까만 연탄이 엄마의 오른쪽 뺨과 팔꿈치와 다리에 묻어 있었다.

난숙이가 물을 떠 왔다. 그리고 수건을 물에 적셔 나를 주었다. 나는 연탄이 묻은 자리를 꼼꼼하게 닦았다. 엄마의 얼굴이 금세 환해졌다. 엄마는 계속 신음을 냈다.

"으으으."

나는 엄마 손을 잡았다. 이러지도 저러지도 못하는 엄마였다. 가슴이 답답해왔다. 엄마 손등에 내 눈물이 똑 떨어져 굴렀다.

난숙이는 우리 방을 휘둘러보았다. 생각해 보니 난숙이가 우리 방에 들어온 적이 거의 없었던 것 같았다. 난숙이는 텔레비전 문을 양쪽으로 열어 보았다.

"루시, 니는 참 좋겠다. 텔레비전도 있고."

난숙이는 텔레비전을 만지작거리며 말했다.

"응. 근데 잘 안 봐."

난숙이는 그래도 부러운 듯 텔레비전 미닫이문을 열었다 닫았다 했다. 텔레비전 옆에 미제 음료수 상자가 놓여 있었다. 엄마는 내가 먹을 간식거리를 넘치게 사다 놓았다.

"루시야, 나 콜라 하나만 주면 안 돼?"

난숙이는 군침을 삼키며 물었다. 난숙이다웠다. 이 상황에서 콜라를 달라니. 나는 얼른 콜라를 하나 꺼내서 난숙이 손에 쥐어 주었다. 미제 쿠키도 한 봉지 주었다. 난숙이는 입이 함지박만 해졌다. 난숙이는 그것을 들고 기분 좋게 집으로 돌아갔다. 나는 난숙이의 저런 단순한 면이 좋았다.

잠시 후, 난숙이 엄마가 약봉지를 들고 들어왔다. 엄마에게 약을 먹이고 난숙이 엄마는 집으로 돌아갔다.

"루시야."

시간이 얼마나 지났을까. 엄마는 숨을 크게 몰아쉬었다가 내뱉었다가 했다. 나는 엄마를 내려다보았다. 엄마의 눈은 눈물범벅이 되어 있었다. 해마다 나팔꽃이 피는 여름이 가까워지면 엄마의 히스테리는 더욱더 심해졌다.

"마이클 대디."

나는 혼잣말을 하며 아빠를 불러 보았다. 엄마 옆에 누웠다. 엄마를 두고 혼자서 난숙이네 가서 저녁을 먹을 수는 없었다. 그냥 굶기로 했다. 배 속에서 꼬르륵 소리가 났다. 그냥 물 한 컵으로 속을 달랬다.

엄마 옆에 누웠다. 엄마는 자면서도 눈물을 줄줄 흘렸다. 마스카라가 눈물에 젖어 눈을 시커멓게 만들었다. 나는 엄마의 눈물을 닦아 주었다. 엄마가 자면서 우는 게 가장 슬펐다. 시간이 얼마나 흘렀을까. 엄마의 흐느낌과 신음 소리가 작아졌다. 나는 엄마와 함께 깊은 잠에 빠져들었다.

아빠가 아름다운 초원에서 트럼펫을 불고 있었다. 내가 물었다.

"아빠, 나팔 부는 거야?"

곁에 있던 엄마가 말했다.

"루시야, 저건 나팔이 아니라 트럼펫이라고 하는 거야."

나는 엄마에게 말했다.

"트러패가 뭐야. 난 그냥 나팔이라고 부를래. 나팔꽃이랑 똑같이 생긴 큰 나팔 맞잖아."

나와 엄마는 아빠의 나팔 소리를 들으며 행복해했다. 나와 엄마는 예쁜 드레스를 입고 초원을 빙빙 돌며 까르르 웃었다. 아빠는 흥에 겨워 신명 나게 연주했다. 이 세상에서 가장 아름다운 연주였다.

눈을 뜨니 미군 부대에서 기상나팔 소리가 들렸다. 어느새 새벽이 열렸다. 레이스 달린 분홍색 커튼이 새벽바람 따라 그네를 타고 있었다. 나는 엄마 손을 찾았다. 잡히지 않았다. 엄마가 있어야 할 자리에 엄마 대신 빈 베개만 있었다. 얼른 몸을 일으켜 방에 불을 켰다. 엄마가 보이지 않았다. 변소를 갔나 싶어 찾아봤지만 없었다. 나는 가슴이 쿵 내려앉았다.

"어엄마아!"

나는 다시 한번 집 안 곳곳 엄마를 찾아보았다. 보이지 않았다. 등이 오싹했다. 머리가 쭈뼛 서는 기분이 들었다. 갑자기 공포가 몰려왔다. 대체 엄마는 이 시간에 어디를 간 것일까?

사라진 엄마

어디선가 신음이 들렸다.

"으으으."

나는 신음이 들리는 쪽으로 귀를 쫑긋 세웠다. 가만히 엄마를 불렀다. 나는 아직 어둠이 걷히지 않아 어두컴컴한 마당에서 두리번거렸다. 난숙이네 집 부엌과 뒤꼍으로 가 봤지만, 엄마의 모습은 좀처럼 보이지 않았다. 나는 점점 불길한 생각이 들었다. 또 어디선가 신음이 들렸다.

"으으으."

나는 난숙이네와 같이 쓰고 있는 연탄 창고 앞에 섰다. 엄마가 여기에도 없다면 큰일이었다. 나는 숨을 죽이며 문을 열었다.

"으으으."

엄마가 창고 안에 있는 것 같았다. 그러나 어두워서 금방 찾을 수 없었다. 나는 엄마를 불렀다.

"엄마, 나야."

엄마의 목소리가 들렸다.

"루시, 우리 딸 루시야. 으으으."

어둠 속에서 엄마를 찾았다. 나는 난숙이네 가족이 깰까 봐 조심히 걸었다. 엄마는 연탄 창고 바닥에 쭈그리고 앉아 머리를 감싼 채 고통스러워하고 있었다. 순간 안심이 되었지만, 이런 엄마가 지긋지긋했다.

"엄마, 여기 왜 이러고 있어?"

엄마를 일으켜 세우려는데 엄마의 다리가 꺾였다. 나는 엄마를 다시 부축했다. 엄마는 내 어깨에 몸을 맡긴 채 중얼거렸다.

"우리 이쁜 딸! 엄마가 술도 끊고 클럽도 그만둬야 하는데……."

나는 엄마를 겨우 방으로 데리고 왔다. 밝은 전구 아래에서 보니 엄마의 얼굴이 숯 검둥이가 되어 있었다. 연탄으로 얼굴을 다 칠해 놓은 것이다. 연탄 묻은 손가락 자국이 얼룩져 있었다. 엄마가 또 중얼거렸다.

“마이클, 돌아올 거지? 제발 우리 루시에게 돌아와”

엄마는 묻지도 않은 말을 계속했다. 나는 물수건으로 엄마 얼굴을 깨끗이 닦았다. 물도 반 컵 마시게 했다. 엄마가 왜 저렇게 혼잣말을 계속하는지 이상했다.

엄마가 겨우 잠이 들었다. 술에 취해 몽롱한 정신으로 사는 엄마에게 화가 나다가도 한편으로는 엄마가 가여웠다. 그래서 엄마에게 하고 싶은 말을 솔직하게 다 하지 못했다.

라디오에서는 5월 5일 어린이날 어린이대공원에 많은 사람이 다녀갔다는 소식을 전했다. 5월 8일이 ‘어머니날’인데 이제는 ‘어버이날’로 제정했다고 했다. ‘어머니날’이라고 하니까 이 세상 아버지들이 왜 ‘아버지날’은 없냐고 했던 것일까. ‘어버이날’로 이름을 바꿨단다.

5월의 꽃드리 마을은 해마다 식목일에 심은 꽃과 나무 덕분에 조금씩 초록 마을이 되어 갔다. 새마을 운동이 시작되면서 아침이면 새마을 노래가 울려 퍼졌다. 사람들이 빗자루를 들고나와 마을을 쓸고 가꾸었다. 마을은 보기 좋게 변해 갔다.

개나리와 진달래가 지고 나자, 조팝꽃과 찔레꽃이 마을에 흰 눈을 뿌려 놓은 듯 하얗게 피었다. 아기 나팔과 엄마 나팔처럼 크고 작은 나팔 모양의 나팔꽃이 참 신기했다. 그 나팔꽃을 볼 때마다 어김없이 아빠가 생각났다. 기분 좋은 날 보는 나팔꽃은 아빠를 보는 듯 행복했다. 기분이 좋지 않은 날 보는 나팔꽃은 내 가슴을 바늘로 콕콕 찌르는 것처럼 아팠다.

채송화와 봉숭아꽃도 발 빠르게 피었다. 부채 모양의 맨드라미가 나란히 줄지어 피어 있었다. 말 잘 듣는 착한 어린이들 같았다.

난숙이네 집 마당에는 나팔꽃이 자라고 있었다. 작년에 나팔꽃이 하도 예뻐 나팔꽃을 보고 있는데 엄마가 내게 말했다.

"루시야, 나팔꽃이 그렇게 예뻐?"

"응, 엄마. 나는 나팔꽃을 보고 있으면 꼭 아빠를 보고 있는 것 같아서 좋아."

엄마가 내 말을 듣더니 말했다.

"나팔꽃의 꽃말이 기쁜 소식이라는데 우리에게도 기쁜 소식이 있으면 좋겠구나."

나는 둥근 나팔꽃잎을 물끄러미 바라보았다. 햇볕 뜨거운 8월이 오면 나팔꽃이 활짝 피리라. 나팔꽃이 활짝 피는 뜨거운 여름에 기쁜 소식이 오면 좋겠다고 생각했다. 난숙이네 방에 들어서면서 나는 인사를 했다.

"안녕히 주무셨어요?"

난숙이 할아버지는 여전히 책상다리하고 앉아 라디오를 듣고 있다가 혼잣말을 했다.

"미국의 닉슨 대통령은 비상한 관심을 끈 가운데 소련으로 떠났다고 하고. 버스 안내원 대부분이 하루에 18시간 작업을 한단다. 그렇게 해서 고작 받는 월급이 하루에 700원이라 이 말이지. 운수업체가 사람을 죽이는구나."

종일 할아버지는 나랏일에 걱정이 컸다. 그 말이 끝나자마자 정식이 오빠가 말했다.

"그러게요. 어디 그것뿐인가요. 밀가루값도 한 부대에 940원인 것이 1,099원으로 오른다잖아요."

난숙이 할아버지가 말을 이었다.

"어허. 자꾸 올리면 서민들은 어쩌라구. 아 그리고 김일성이 남침용 땅굴을 파기 시작했단다. 말로는 위장 평화이고 속셈은 적화 통일이었어. 6·25 전쟁만 생각하면 내가 치가 떨리고 이가 갈리는구만."

난숙이 할아버지는 또 긴 한숨을 쉬었다. 그러는 사이 밥상이 방 안으로 들어왔다.

"아버님, 어서 진지 잡수세요."

난숙이 엄마가 밥상을 내려놓으며 말했다. 그러고는 내 귀에 대고 속삭였다.

"엄마는 어떠시니?"

"괜찮으세요."

나는 자리를 잡고 앉았다. 난숙이 엄마가 말했다.

"어제 미군 부대에서 울렸던 사이렌 소리 말이에요. 미군 한 명이 무단 탈출해서는 술을 먹고 난리가 났었대요. 그 미군 찾느라 사이렌이 울렸던 거라네요."

난숙이는 눈을 동그랗게 뜨고 난숙이 엄마에게 재차 물었다.

"엄마, 그게 진짜야?"

나와 난숙이의 눈이 딱 마주쳤다. 나도 어제 산에서 만났던 미군이 떠올라 가슴이 쿵쾅거렸다.

나는 온통 엄마 생각으로 머릿속이 복잡했다. 숟가락을 손에 쥔 채 멍하니 앉아 있었다.

"휴."

난숙이 할아버지가 걱정스럽다는 듯 나를 쳐다보았다.

나는 밥을 먹는 둥 마는 둥 했다. 그리고 난숙이 엄마에게 도시락을 받았다.

“큰엄마, 도시락 혼분식 했죠?”

혼분식 장려 운동으로 학교에서 도시락 검사가 심했다. 혼분식을 하지 않으면 변소 청소부터 복도 청소까지 해야 했다. 난숙이 엄마가 대답했다.

“당연히 보리쌀 섞었지. 어서 가.”

나는 난숙이 엄마에게 부탁했다.

“엄마 좀 잘 부탁할게요.”

난숙이 엄마는 걱정 말라며 내 손을 꼭 잡았다.

“에구, 루시 다 컸네. 우리 집에 이사 올 때만 해도 니 엄마가 너를 부탁하더니 이젠 루시 니가 엄마 부탁을 다 하는구나.”

난숙이 엄마는 내 등을 토닥여 주었다. 난숙이 엄마는 항상 고단해 보였다. 그 많은 일을 해내고 있으니 그럴 만도 했다. 내가 큰엄마라고 부를 수 있게 허락해 준 것이 새삼 고마운 아침이다.

“큰엄마, 고맙습니다.”

나는 고개를 숙여 인사를 했다. 곁에서 보고 있던 난숙이 할아버지도 나에게 엄마 걱정은 하지 말라며 안심시켰다.

나는 난숙이와 고등학교에 다니는 정식이 오빠와 비슷한 시간에 집을 나섰다.

난숙이 머리에 아직도 물기가 살짝 남아 있었다.

"난숙아, 머리 감았어?"

"엄마가 내 아까시나무 파마머리 보고 얼마나 난리를 치는지 아침에 감았다."

난숙이는 물기가 남아 있는 머리를 손으로 털어 내며 말했다. 어제 있었던 일을 생각하니 머리가 멍했다.

골목길을 걸었다.

아무래도 집에 있는 엄마가 걱정되었다.

"후."

나는 나도 모르게 한숨이 크게 나왔다.

오빠가 나를 보고 말했다.

"루시야, 엄마 얘기는 들었어. 괜찮으신 거야?"

오빠는 대답을 기다렸다.

"어서 말해 봐."

나는 일부러 큰 소리로 씩씩하게 대답했다.

"걱정 마. 울 엄마 괜찮아. 괜찮아. 괜찮아. 괜찮아. 괜찮……."

내가 괜찮다는 말만 늘어놓으니, 정식이 오빠가 내 말을 끊었다.

"알았어. 알았다구. 그럼 괜찮으셔야지."

나는 담담한 척했다. 그래야 정말 엄마도 괜찮을 것 같았기 때문이다.

오빠는 버스를 타고 갔고, 나와 난숙이는 아무 말도 하지 않고 학교를 향해 걸어갔다.

교실에 도착했다. 아이들이 도이 근처에 몰려 있었다. 같은 반 아이들이 튀기인 나를 놀리면서도 속으로는 나를 부러워하고 있다는 걸 도이는 알고 있었다. 도이는 한 여자아이에게 말했다.

"하하하, 니도 루시한테 파마 한 번 받아보그레이."

내가 교실로 들어서자, 아이들이 큰 소리로 웃었다. 한 아이가 말했다.

"루시야, 너는 재주도 좋다. 어쩜 도이 머리를 니 머리랑 똑같이 폭탄 머리로 해 놨냐?"

나는 들은 척도 하지 않고 도이 팔을 잡아끌어 복도로 나왔다.

"도이야, 머리 어떻게 된 거야?"

도이는 바지 주머니에서 닳고 닳은 아까시나무 잎줄기를 꺼냈다. 줄기에서 초록 물이 나올 지경이었다.

“내가 니가 다 풀고 난 아까시나무 줄기를 주머니에 넣어 왔데이. 그리고 잠자기 전에 혼자서 이리저리 막 말아 봤데이.”

나는 웃음이 나왔다. 도이의 머리가 엉망이 되어 있었기 때문이다. 엄마가 술에 취해 잠들어 있던 그 머리와 비슷했다.

“크크크.”

도이는 왜 웃냐는 듯 물었다.

“니 왜 웃나?”

수업 종소리가 나자, 도이가 내 손을 잡고 교실로 들어갔다. 나는 자꾸 웃음이 나왔다.

“도이야, 너 꼭 아줌마 같아.”

도이는 아줌마 같다는 내 말에 키득키득 웃으며 자기 자리로 갔다. 성격 하나는 끝내준다.

담임선생님은 도이를 불러 머리 불량으로 경고를 했다. 그런데도 도이는 실실 웃고 다녔다.

종일 무슨 생각을 하며 보냈는지 몰랐다. 나는 오로지 엄마 생각으로 머릿속이 꽉 찼다. 수업을 마치고 바로 집으로 뛰었다. 난숙이도 함께 뛰었다.

“야, 루시야, 같이 가.”

집에 도착했다. 엄마가 보이지 않았다. 난숙이 엄마에게 물었다.

“큰엄마, 우리 엄마 못 보셨어요?”

나는 지난번 일이 떠올라 속이 탔다.

“왜 방에 없어? 조금 전까지만 해도 자는 거 보고 나왔는데.”

나는 기운이 쪽 빠졌다. 다리가 후들거렸다. 엄마가 이런 적은 단 한 번도 없었다. 난숙이 엄마가 말했다.

“루시야, 니 엄마 마드리 마을에 또 간 거 아닐까?”

난숙이 엄마 말대로 마드리 마을에 갔다면 다행이었다. 나는 엄마를 부르며 뛰어나갔다.

“엄마, 엄마, 엄마!”

철만이 패거리

나는 뛰다가 걷다가 했다. 눈물도 나고 땀도 났다. 언제 따라왔는지 난숙이가 말했다.

"루시야, 아무 일 없을 거야."

나는 아무 말도 들리지 않았다.

유월 대낮의 햇볕은 뜨거웠다. 반팔 티셔츠가 땀에 흠뻑 젖었다. 등에 흐르는 땀방울은 내 눈물이었다. 도대체 엄마가 어딜 간 건지 답답하기만 했다. 난숙이 이마에 땀방울이 송송 맺혀 있었다.

"아, 무지 덥네."

여름은 땀이 나서 싫다는 난숙이에게 미안했다. 내가 난숙이에게 말했다.

"난숙아, 고마워. 우리 엄마 마드리 마을에 있을 거야."

난숙이의 머리는 땀으로 범벅이 되었다.

"당연하지. 거기 계실 거야. 너 울지 마라."

나는 난숙이 덕분에 힘이 났다. 아지트에서 있었던 일, 미군 사건 이후로 난숙이와 편해졌다.

분명히 엄마가 마드리 마을에 있을 거로 생각하니 발걸음이 조금은 가벼웠다. 꽃드리 마을에서 마드리 마을까지는 내 걸음으로 한 시간 정도 걸어야 했다. 짧지 않은 길을 어제의 그 몸으로 엄마가 혼자 걸어갔을 생각을 하니 가슴이 아팠다. 나의 검은빛 얼굴에 땀방울이 주르륵 흘러내렸다.

나와 난숙이는 기찻길을 따라 걸었다. 이 기찻길은 손님을 태우는 기찻길이 아니었다. 두 곳의 미군 부대에 필요한 화물을 운반하는 데 쓰였다. 마드리 마을과 꽃드리 마을의 기찻길은 아이들의 놀이터였다. 나와 난숙이는 걷다가 뛰다가 했다. 얼마나 걸었을까. 마드리 마을 입구에 이런 푯말이 보였다.

새마을 건설, 협동하고 알뜰히 가꾸어 부강한 나라 만들자.

-마드리 마을

나와 난숙이의 눈이 마주쳤다. 난숙이가 말했다.

"루시야, 여기 엄마 꼭 있을 거야. 우리 얼른 찾으러 가자."

내가 처음으로 간 곳은 아빠와 함께 살았던 마드리 마을 228번지였다. 기억을 더듬어 보았다. 막상 마을에 들어서니 기억이 새록새록 났다. 담벼락에 붙어 있는 벽보가 눈에 띄었다.

다 같이 쥐를 잡자.

쥐약 놓는 날 6월 20일 오후 5시

난숙이가 표어를 보고 말했다.

"루시야, 나는 이 세상에서 쥐가 젤로 무섭다."

난숙이는 고개를 절레절레 흔들었다. 벽보가 붙은 담 길을 지나니 바로 228번지가 나왔다. 나는 주인집 할머니를 불렀다.

"할머니, 할머니!"

문밖에는 개 조심이라고 크게 쓰여 있었다. 진돗개가 컹컹 짖어 댔다. 나는 할머니를 애타게 불렀다.

"할머니, 할머니!"

한참 만에 지팡이를 짚고 꼬부랑 할머니가 나왔다. 할머니는 단박에 나를 알아보았다.

“이 누구여? 아고 루시 아니여? 그새 아가씨가 다 됐네 그랴.”

할머니는 나를 반갑게 맞았다. 진돗개는 나와 난숙이를 보고 사납게 짖었다. 할머니는 지팡이로 개 때리는 시늉을 하며 소리쳤다.

“아고, 시끄럽다. 이 자슥아. 손님도 못 알아보고.”

할머니가 개를 진정시키고 말했다.

“어제는 니 엄마가 왔다 가고 오늘은 니가 할미 보러 온 것이여?”

나는 할머니 손을 잡고 말했다.

“혹시 저희 엄마 어제 말고 오늘은 여기 안 오셨나요?”

“어제 왔다 갔는데 오늘 또 오겄어? 안 왔어.”

나는 긴 한숨이 나왔다. 다리에 기운이 풀렸다.

“진짜 안 왔어요?”

할머니는 이상한 듯 물었다.

“무슨 일인데 니 엄마를 여기 와서 찾는 것이여?”

나는 답답했다.

“루시야, 어제 니 엄마가 좀 이상하긴 하더라만. 이 말 저 말 횡

설수설하는디. 암튼간에 니 엄마가 뭐 달라질 거라나 뭐라나 그러더만. 루시 니를 위해서 인생 다시 시작해야 한다고 하더라."

나는 이게 무슨 말인가 싶었다.

"할머니 그게 무슨 말씀이에요?"

"아고, 니 손가락질 받고 사는 거 맴 아프다꼬 클럽도 그만둔다 카더라. 루시 니 생각해서 대단한 결심한 것 같드라."

나는 갑자기 머리가 멍했다.

"루시야, 니그 엄마도 그동안 세월 잘못 만나 얼마나 고생이 많았냐. 루시 아빠도 미국서 돌아올 것이야. 니 아빠가 너희 모녀를 얼마나 아꼈는가 말여. 내가 다 알지. 시간이 걸리더라도 니 아빠 꼭 올거니께 너도 엄마 잘 보살피고. 앞으로 건강히 둘이 잘살기만 내는 바랄 뿐이다."

나와 난숙이는 할머니에게 인사하고 밖으로 나왔다.

할머니 집 담벼락 끝에 섰다. 할머니가 아빠 이야기를 꺼낼 줄은 몰랐다. 할머니가 한 말이 무슨 말인지 모르겠다. 난숙이가 나를 가만히 쳐다보다가 한숨을 쉬며 말했다.

"아이참! 도대체 너네 엄마는 어딜 간 거야?"

나는 땅바닥에 털썩 주저앉았다. 한숨이 크게 쉬어졌다. 난숙이는 내 곁에 잠자코 앉았다. 그냥 그렇게 우리 둘은 한참을 말 없이 앉아 있었다.

'엄마, 도대체 어딜 간 거야?'

엄마는 흑인 아빠와 결혼하면서 외갓집하고는 아예 인연을 끊고 살았다. 외할머니, 이모, 외삼촌이 있지만 한 번도 찾아오지 않았다. 그래서 나는 외할머니뿐만 아니라 외갓집 식구들 얼굴도 모르며 살았다. 아무리 생각해도 엄마를 어디서 찾아야 할지 막막했다.

난숙이가 자리에서 벌떡 일어나더니 말했다.

"루시야, 곧 어두워질 것 같아. 엄마 안 찾아?"

나는 눈물을 훔치고 자리에서 일어났다.

"난숙아, 큰엄마한테 혼나겠다."

난숙이는 포기한 듯 말했다.

"아, 몰라. 엄마가 너랑 나랑 니네 엄마 찾다가 늦었다고 하면 설마 혼내기야 하겠어?"

나는 난숙이에게 미안했다. 여기저기 마드리 마을을 돌며 엄마를 찾았다. 그러나 엄마는 보이지 않았다.

어느새 해가 지고 있었다. 뜨겁게 내리쬐던 태양이 자취를 감추고 있었다. 나는 난숙이를 쳐다보았다. 난숙이 등 위에 노란 노을이 활활 타올랐다.

"난숙아, 니 등 뒤에 노을이 멋있어."

난숙이 등에 업힌 황금빛 노을을 보니 엄마가 더 생각났다. 나는 난숙이와 엄마를 찾기 위해 다시 발걸음을 떼었다.

마드리 마을에는 엄마가 보이지 않았다.

"루시야, 아무래도 여기는 없는 것 같지? 집에 가서 기다리는 게 나을 것 같아."

나도 그래야겠다고 생각했다. 우선은 집으로 가야 했다. 난숙이와 나는 부지런히 걸었다. 점점 어두워지고 있었다.

꽃드리 마을로 들어가는 기찻길이 보였다. 바로 그때 덩치 큰 철만이 패거리들이 우르르 몰려오고 있었다. 어둑어둑했지만 네 명이 몰려다니기 때문에 금방 알아볼 수 있었다.

나는 갑자기 뒷덜미가 당겼다. 예전 일이 떠올랐다. 입술이 바짝 말랐다. 나와 난숙이는 고개를 숙이고 골목 뒤에 몸을 숨기고 철만이 패거리들이 지나가기를 기다렸다. 철만이 패거리들은 길바닥에 침을 퉤 뱉었다.

철만이 패거리들에 대한 소문은 무성했다.

"철만이 패거리들이 애들을 패서 이를 부러뜨렸대."

"미군들한테 양담배를 빼앗아서 핀대."

"철만이 패거리들 팔에는 칼자국이 있대."

"철만이 패거리들한테 잘못 걸리면 그 자리에서 죽는대."

"항상 면도칼을 물고 다니다가 지나가는 사람들한테 면도칼을 씹어서 얼굴에 확 뿌린대."

나는 날이 선 면도칼을 떠올리다 눈을 감아 버렸다. 발소리가 점점 더 크게 들렸다. 나와 난숙이는 숨도 크게 쉴 수 없었다. 조금 지나자, 발소리가 멀어지는 것 같았다. 한숨이 휴 하고 나왔다.

"아유, 무서워."

나는 발걸음을 살살 떼었다. 왼쪽으로 고개를 돌리자, 철만이가 보였다.

"으악!"

나와 난숙이는 깜짝 놀라 소리쳤다.

철만이 패거리들이 나를 동시에 불렀다.

"어이, 깜둥!"

나는 겁이 덜컥 났다. 심호흡을 하고 정신을 모았다.

"왜?"

철만이가 이빨 사이로 침을 찍 뱉더니 말했다.

"어쭈, 이젠 반말이네. 지난번엔 내가 정식이 때문에 봐줬지만, 오늘은 그냥 넘어갈 수 없지. 우리 동네에서 너 같은 깜둥이가 고개를 빳빳이 들고 다니다니."

나는 고개를 꼿꼿이 들었다.

"나도 엄연한 한국 사람이다!"

"한국 사람 좋아하네. 니가 어딜 봐서 한국 사람이냐 응? 에잇 재수 없어. 이런 양공주들이 우리 동네 사는 게 창피하다니까."

나는 양공주라는 말에 이미 이성을 잃었다.

"우리 엄마가 한국 사람이니까 나도 한국 사람 맞아!"

철만이는 혀를 차며 말했다.

"야, 미제 과자 같은 것 좀 갖고 와 봐. 이 오빠가 배가 고파서 말이야."

나는 여기서 어떻게 빠져나가야 하나 궁리했다.

활짝 핀 나팔꽃

그때 버스 한 대가 끼익, 하고 섰다. 몇몇 사람이 꽃드리 마을에 내렸다. 안내양의 '오라이' 소리와 함께 버스는 떠났다. 바로 그때, 누군가 우리 쪽으로 달려오며 소리쳤다.

"야! 이 나쁜 놈아, 왜 우리 루시를 건드려?"

나는 깜짝 놀라 뒤돌아보았다. 엄마였다.

"이놈, 날라리 같은 놈, 왜 우리 루시를 괴롭히는 거야? 응?"

엄마는 나를 엄마 뒤로 비켜 세웠다. 그러고는 신고 있던 부츠를 벗어 철만이를 향해 내리쳤다. 어둠 속이라 엄마의 형체만 보였다.

"아, 이 양공주 아줌마가 미쳤다더니 진짜 미친 거 맞네. 맞아.

아 재수 없어."

철만이 패거리들은 엄마의 이성 잃은 모습을 보고는 가 버렸다. 나는 안도의 한숨이 나왔다.

"루시야, 괜찮아? 어디 보자."

엄마는 내 얼굴을 쓰다듬었다.

"깜깜한데 뭐가 보여? 난 괜찮아. 도대체 엄마는 어디 갔다 온 거야?"

나는 엄마를 보자마자 화가 나서 소리쳤다.

난숙이도 한마디 했다.

"아줌마, 어디 다녀오신 거예요? 우리가 얼마나 찾아다녔는지 아세요?"

나는 맨발인 엄마를 보았다.

"엄마, 어서 부츠나 신어."

엄마는 휘청거리며 부츠를 신었다.

입에서 술 냄새가 확 풍겼다.

"루시야, 그래도 이 엄마한테 철만이 그놈이 겁먹은 거 봤지?"

엄마는 철만이를 쫓아 버린 게 내심 흡족한 듯 말했다.

나는 반가움도 잠시였다. 엄마의 술에 취한 모습은 정말 다시는 보고 싶지 않았다. 난숙이가 내 옆에서 팔짱 끼고 어이없다는 듯 엄마를 쳐다보았다.

"엄마, 도대체 어디서 또 술을 잔뜩 먹은 거야?"

나는 마드리 마을을 온통 뒤지고 다녔던 일이 생각나서 더 화가 났다.

"루시야, 미안해. 진짜 진짜 오랜만에 이종사촌 언니가 만나자고 해서 시내에서 술 좀 마셨지. 오늘이 진짜 마지막 술이야."

나는 엄마의 이런 모습이 지겨웠다. 아까 할머니가 한 말은 다 지어낸 말 같았다.

난숙이는 엄마 손을 잡아끌며 어서 집에 가자고 재촉했다.

"엄마, 이제 앞으로 술 마시면 내가 집 나가 버릴 거야. 도대체 누가 엄마인지, 딸인지 모르겠어."

나는 그동안 엄마가 안쓰러워 하지 못했던 말을 쏟아부었다.

"엄마는 내 생각은 하나도 안 하지? 말로만 사랑한다고 하고."

엄마는 나를 안으려고 했다.

"우리 딸이 왜 이리 화가 나셨을까? 헤헤 루시야아아."

난숙이는 난감한 표정으로 말했다.

"루시야, 엄마 무사하니까 됐잖아. 어서 집에 가자."

나는 툴툴거리며 엄마를 뒤로하고 혼자 걸어갔다. 엄마는 터덜터덜 내 뒤를 따라왔다.

"루시야, 같이 가. 엄마 버리고 갈 거야?"

"앞으로 또 술 마시면 나 진짜 엄마 버릴지도 몰라."

나는 그동안 참았던 말을 해 버렸다.

"알았어. 알았어. 안 마실게. 약속해! 엄마 이제 클럽도 그만둘 거야."

엄마는 순순히 약속했다. 나는 믿어지지 않았지만, 엄마가 앞으로 술 안 마시기를 간절히 바랐다. 나는 난숙이를 보았다.

"난숙아, 오늘 같이 가 줘서 고마웠어."

난숙이도 힘들었는지 고개만 끄덕인 채 운동화를 질질 끌고 집으로 들어갔다.

집에 도착한 나와 엄마는 잠을 자기 위해 누웠다. 오늘 있었던 일을 생각하니 천국과 지옥이 있다면 이런 걸까 생각했다. 끔찍했던 하루였다. 다행인 것은 엄마가 무사히 내 곁에 있다는 거다.

일요일이다. 오랜만에 나도 늘어지게 아침잠을 잤다. 엄마가 웬일로 일찍 일어나 있었다.

"엄마, 왜 벌써 일어났어?"

나는 눈을 비비고 몸을 일으켰다. 나는 엄마를 보고 깜짝 놀랐다.

"엄마, 얼굴이 왜 이래?"

엄마는 화장을 깨끗이 지우고 맨얼굴로 앉아 있었다. 나는 화장기 없는 엄마의 얼굴을 거의 본 적이 없다. 굉장히 낯설었다.

"왜? 이상해?"

엄마는 양손으로 얼굴을 감싸며 물었다.

"엄마, 어디 아파?"

"아프긴, 안 아파. 엄마 클럽 그만뒀어. 내일부터 공장에 나갈 거야."

나는 어안이 벙벙했다. 엄마가 갑자기 왜 이러는지 몰랐다. 마드리 마을 할머니 말이 생각났다.

"엄마, 진짜 어디 아픈 거 아냐?"

엄마는 아무렇지 않다며 헐렁한 바지를 입고 방을 나가더니, 잠시 후 조그만 밥상을 들고 들어왔다.

"루시야, 밥 먹자."

"엄마, 이건 어디서 났어?"

"어디서 나긴 난숙이네서 얻어 왔지. 오늘은 얻어먹지만, 이제부터는 엄마가 밥도 차려 줄게."

나는 갑자기 변한 엄마가 이상했다.

"엄마, 무슨 일이 있었길래 이러는 거야?"

"일은 무슨. 사실 그동안 이러고 사는 내가 정말 싫었어. 우리 딸에게도 못난 모습 보이는 거 이제 그만하려구."

엄마는 나에게 어서 밥 먹으라며 숟가락을 쥐여 주었다.

정말 오랜만에 엄마와 단둘이 밥을 먹었다.

난숙이네 가족은 엄마가 갑자기 변한 것을 보고 놀랐다. 동네 사람들도 마찬가지였다.

엄마는 내게 말한 대로 공장에 다니기 시작했다. 옷감을 취급하기도 하고 옷을 만드는 공장이라고 했다. 옷차림도 수수해졌다. 그러나 부츠는 꼭 신고 다녔다. 나는 보다 못해 엄마에게 말했다.

"엄마, 그 옷에 부츠 정말 안 어울리거든요."

"루시야, 안 어울리면 어때. 엄마만 좋으면 되지."

엄마는 아침마다 두 손을 모으고 앉아 기도했다. 기도하며 울먹울먹하는 모습을 수도 없이 봤지만 모르는 체했다. 엄마가 얼마나 애쓰고 있는지 눈물겨웠다. 나도 그런 엄마를 보며 남몰래 눈물이 났다. 엄마가 보통 엄마들처럼 정상적인 생활을 하는 것 같아 기뻤다.

엄마가 공장에 다니기 시작하면서 난숙이네는 엄마에게서 받던 수입이 줄어들자 살림이 더 팍팍해졌다. 난숙이 엄마는 또 다른 일거리를 찾아야 했다. 그런 난숙이 엄마를 지켜보던 정식이 오빠는 더 열심히 공부했다.

엄마는 난숙이 엄마에게 미제 물건을 팔아 보는 게 어떠냐고 권했다. 엄마는 미군 클럽을 통해 미제 물건을 받아다가 난숙이 엄마에게 주었다.

거의 매일 술을 먹다시피 하던 엄마는 몹시 힘들어했다. 밤에 몰래 한 잔씩 마시는 걸 알면서도 나는 모른 척 눈감아 줬다. 그러다가 새벽이면 끙끙 앓기도 했다.

난숙이 할아버지는 여전히 책상다리하고 앉아 라디오만 켜 놓고 세상 돌아가는 소식을 하나도 놓치지 않고 들었다. 난숙이 엄마도 미제 물건 파는 일이 손에 익어 가는 중이었다.

엄마가 공장에 다닌 지도 벌써 한 달이 되었다. 첫 월급날이다.

"루시야, 오늘 엄마 월급날이야. 퇴근길에 우리 루시 옷이랑 맛있는 거 사 가지고 올게."

엄마는 기분이 좋아 보였다.

칠월의 햇볕이 어찌나 뜨거운지 가만히 있어도 땀이 줄줄 흘렀다. 나무 위에서는 매미들이 힘차게 울었다. 나는 학교 가는 길에 분홍색 나팔꽃이 활짝 피어 있는 것을 보았다. 나팔꽃을 가만히 들여다보았다. 나팔 모양이라는 것도 새삼스럽게 신기했다. 너무 예뻤다. 엄마의 웃는 얼굴과 나팔꽃이 겹쳐 보였다. 나도 기분이 좋았다. 뒤따라오던 난숙이가 말했다.

"나팔꽃 처음 보니? 뭘 그렇게 들여다봐."

"오늘따라 유난히 예뻐서."

나는 엄마와 나누었던 말이 떠올랐다.

"나팔꽃 꽃말이 기쁜 소식이래."

오늘의 기쁜 소식은 뭘까 생각해 보았다. 엄마가 얼마나 멋지고 예쁜 옷을 사 가지고 올까 생각하니 설렜다.

일주일만 지나면 여름 방학이다.

나와 난숙이, 도이는 여름 방학만 손꼽아 기다렸다.

도이는 항상 내게 우스갯소리를 잘해서 덕분에 학교생활이 즐거웠다.

"루시야, 오늘따라 니 곱슬머리가 더 멋있어 보인데이."

사람 기분을 좋게 하는 특별한 재능을 가진 친구가 도이다. 나는 도이를 와락 끌어안았다.

나는 학교 수업을 끝마치고, 집으로 왔다. 엄마를 기다리기 위해 버스 정류장으로 나갔다. 엄마가 도착할 시간이 지나고 있었다.

여름 해거름 시간에 부는 바람을 엄마는 참 좋아했다. 해가 지는 노을은 언제 봐도 아름다웠다. 여름 해가 길어 7시가 넘어 8시가 가까운데도 아직 개미만큼 해가 남아 있었다.

버스 정류장 앞에도 나팔꽃이 있었다. 아침에 보았던 꽃과는 다르게 나팔꽃 꽃잎이 시들어 축 늘어져 있었다. 그러더니 나팔꽃 하나가 바닥에 툭 떨어졌다. 나는 바닥에 떨어진 나팔꽃을 살며시 주워 들었다. 아침에 본 색깔과 똑같은 분홍색 나팔꽃이었다. 나는 시들어 떨어진 꽃을 손바닥에 가만히 올려 보았다. 버스 한 대가 끼익, 하고 섰다. 사람들이 딱 세 명 내렸다. 엄마는 없었다. 사위는 점점 캄캄해지고 있었다. 나는 손에 나팔꽃을 쥔 채 엄마를 기다렸다. 밤이 점점 깊어 갔다. 그때 뒤에서 나를 다급히 부르는 소리가 들렸다.

"루시야! 루시야!"

난숙이 엄마, 난숙이, 그리고 정식이 오빠였다.

"아, 왜 이렇게 모두 다 나오셨어요?"

난숙이 엄마는 내 손을 꼭 잡았다. 정식이 오빠의 목소리가 떨렸다. 숨소리도 고르지 않았다. 무슨 일이 일어난 것을 짐작할 수 있었다.

"오빠, 무슨 일 있어? 오빠 목소리가 왜 그래?"

오빠는 내 손을 잡고 눈물을 삼키며 흐느꼈다. 난숙이도 옆에서 훌쩍거렸다. 난숙이 엄마는 숨을 크게 들이쉬고 내쉬며 나를 꼭 껴안았다.

"어서 병원으로 가 보자."

나는 무슨 일인지 알 수 없었다.

"큰엄마, 왜 그러는 거예요? 병원에는 왜요?"

마침 택시가 왔다. 난숙이 엄마와 정식이 오빠가 나를 택시에 태웠다. 난숙이 엄마는 난숙이에게 집에 가 있으라고 했다.

"엄마, 나두 갈래."

난숙이는 울먹이며 말했다.

"할아버지랑 집에 있어. 밤에 못 들어올지도 몰라. 어서 들어가."

난숙이를 빼고 셋은 모두 택시에 탔다.

"오빠, 무슨 일이야?"

내 가슴이 방망이질 쳤다. 불길한 예감이 온몸을 휘감았다.

"루시야, 놀라지 마. 엄마가 교통사고가 나셨대. 지금 시내 도립병원 응급실에 계신가 봐."

"엄마가 왜? 엄마가 왜?"

나는 엄마가 왜, 왜, 왜 소리만 나올 뿐 그다음 말은 나오지 않았다. 두 팔다리가 떨렸다. 크게 다치지 않았을 거라 믿고 싶었다.

병원에 도착했다. 응급실에 도착하니 의사와 간호사들이 분주히 왔다 갔다 했다. 의사 한 명이 큰 소리로 외쳤다.

"최연화 보호자 님 계세요? 최연화 보호자 님!"

"우리 엄마예요."

나는 큰 소리로 대답했다. 난숙이 엄마가 의사 앞에 나섰다.

"여깄어요. 최연화 보호자."

의사는 따라오라는 손짓을 했다. 우리는 의사 뒤를 따라갔다. 나는 심장이 떨려서 잘 걷지를 못했다. 정식이 오빠가 나를 부축했다.

"최연화 환자 분 출혈이 너무 심합니다. 위급한 상황이라 당분간 중환자실에 계셔야 할 것 같습니다."

죽 세 숟가락

엄마의 머리와 다리는 깁스를 했는데도 피가 흘러 붕대가 피에 젖어 있었다. 산소 호흡기를 끼고 있는 모습을 보니 순간 숨이 제대로 쉬어지지 않았다.

털썩, 나는 다리가 떨리고 꺾여 바닥에 주저앉고 말았다. 난숙이 엄마는 엄마를 붙잡고 하염없이 울었다.

"여기서 이러시면 안 됩니다. 이제 면회 시간 끝났으니, 집으로 돌아가셨다가 내일 오세요."

보름이 지났다. 엄마는 깨어날 생각을 하지 않았다. 아주 깊은 잠을 자고 있으니 걱정하지 말라는 의사 선생님 말을 더는 믿기 어려웠다.

엄마를 미워하고, 창피해하는 걸 알고 하나님이 벌을 주나 싶었다. 하나님, 부처님, 이 세상에 있는 모든 신에게 기도했다. 난숙이네 가족들도 엄마 걱정에 한숨이 끊이지 않았다.

딱 한 달 되는 날 기적처럼 엄마가 깨어났다. 그리고 일주일 후 퇴원했다.

엄마가 집에 도착하자마자 말했다.

"루시야, 집이 천국이다. 이렇게 좋을 수가 없구나."

"엄마, 미안해. 내가 엄마 미워했던 거, 짜증 냈던 거 다 미안해."

엄마가 사고가 나던 당시 손에 꼭 쥐고 있었다던 종이 가방을 열어 보았다. 첫 월급이라고 좋아했던 엄마의 얼굴이 떠올랐다. 종이 가방 안에는 나에게 줄 분홍색 원피스가 들어 있었다. 엄마가 첫 월급으로 산 선물이었다. 나는 원피스를 가만히 들여다보았다. 원피스 소매 부분이 꼭 나팔꽃잎 같았다. 치마 아랫부분에 레이스가 있어서 더 예뻤다. 나는 옷을 가만히 가슴에 품었다. 엄마가 나를 보더니 환히 웃었다. 나는 울음을 꾹 참았다.

"루시야, 어서 한번 입어 봐."

엄마는 가늘고 낮은 목소리로 말했다.

나는 원피스로 갈아입었다.

“옷이 딱 맞네. 역시 엄마야.”

엄마는 어깨를 들썩였다. 엄마 눈에서 눈물이 주르르 흘렀다.

“엄마, 오늘처럼 좋은 날 왜 울어?”

엄마와 나는 둘이 꼭 안고 한참을 울었다.

엄마는 음식을 잘 먹지 못했다.

아침이 밝았다. 엄마는 해가 뜬 지 오래되었는데도 몸을 잘 일으키지 못했다. 난숙이 엄마 목소리가 들렸다.

“루시 엄마, 밥 좀 먹어야지.”

난숙이 엄마는 죽을 끓여서 방문을 열고 들어왔다. 난숙이도 따라 들어왔다. 난숙이는 나와 엄마를 안쓰러운 듯 쳐다보았다.

“루시 엄마, 이러다 굶어 죽겠어.”

아침부터 날이 푹푹 쪘다.

“입도, 목구멍도 열리지 않네요.”

난숙이 엄마와 난숙이는 한참을 앉아 있다가 한숨만 쉬다가 나갔다.

“엄마, 어서 먹어 봐.”

내가 재차 재촉했다. 엄마는 가만히 몸을 일으켰다. 숨을 길게 쉬었다가 짧게 몰아쉬기도 했다. 많이 힘들어 보였다.

"어지럽구나."

한여름의 무더위가 대단했다. 나는 방문을 열어 놓았다. 바깥은 조용했다. 난숙이 할아버지 방에서는 여전히 라디오 소리가 작게 흘러나왔다. 난숙이 엄마는 미제 물건을 팔러 나간 것 같았다. 엄마는 일어나 앉았다가 픽 쓰러졌다. 정식이 오빠가 우리 방 쪽으로 다가왔다.

"루시 어머니 괜찮으세요?"

"정식아, 나 좀 뒷산에 데려다줄 수 있니?"

정식이 오빠는 엄마가 무슨 말을 하는지 잘 못 알아들었다. 목소리가 너무 작았기 때문이다. 몇 날 며칠을 굶다시피 했으니 그럴 만도 했다.

"엄마, 이 몸으로 무슨 뒷산을 간다고 그래?"

엄마는 운동화를 찾아 신었다. 그리고 발걸음을 한 발 떼었다. 그러다 휘청했다. 정식이 오빠는 보다못해 엄마를 부축했다. 나도 재빨리 운동화를 신었다. 그때 도이가 막 대문을 들어섰다.

"루시야, 니 어디 갈라꼬? 아주머니 안녕하세요? 그 몸으로 어디 가실라꼬요?"

정식이 오빠는 도이를 반갑게 맞았다.

"도이야, 어서 와. 오랜만이네."

"오빠야, 잘 있었는교? 근데 루시랑 루시 어머니 어디 간다꼬 이러는 거예요?"

정식이 오빠도 모르겠다는 듯 고개를 가로저으며 말했다.

"뒷산을 가고 싶으신가 본데 이 몸을 해서 어떻게 가실 수 있겠니?"

도이는 내 운동화를 벗겨서 댓돌 위에 올려놓았다. 그리고 엄마 운동화도 벗기더니 엄마를 방으로 밀다시피 했다.

"어서 드가세요. 어딜 가시려거든 진지를 드셔야지요. 그렇지 않으면 가시다가 쓰러진다카요."

나는 도이가 하는 대로 놔두었다. 다시 어지럼증이 몰려오는지 엄마는 눈을 감고 앉았다. 정식이 오빠는 안쓰러운 듯 바라보다가 갔다.

"루시야, 나 좀 눕혀 줘."

엄마는 방에 다시 누웠다. 도이가 그런 엄마를 보며 한숨지었다.

"루시야, 우리 어머니 좀 나아지시면 바람도 쐴겸 아지트 한번 갔다올까?"

나는 아지트라는 말에 귀가 번뜩 뜨였다.

"그래, 가자. 아지트."

누워 있던 엄마가 우리말에 끼어들었다.

"나도 데려가. 아지트. 뒷산."

도이는 엄마에게 말했다.

"뒷산 아지트 가고 싶으세요? 그럼 진지를 드셔야 합니데이. 어서 죽이라도 좀 드세요."

낮잠을 자고 있을 거로 생각했던 난숙이가 밥상을 들고 들어왔다. 정식이 오빠도 난숙이를 따라 들어왔다. 그리고 오빠 뒤로 난숙이 할아버지 모습이 보였다.

"크음. 루시야, 어서 엄마 한술 뜨게 해라. 루시 엄마, 어서 죽 좀 들어요."

엄마는 할아버지의 말 한마디에 그만 눈물을 흘리고 말았다. 할아버지의 하얗고 긴 턱수염이 햇빛에 반사되어 반짝거렸다. 할아버지는 엄마에게 어서 먹으라는 눈짓을 보냈다. 그러고는 할아버지 방으로 갔다. 라디오에서는 노래가 흘러나오고 있었다. 도이가 흥얼흥얼 따라 불렀다.

"산 너머 남촌에는 누가 살길래 해마다 봄바람이 남으로 오네.

아, 꽃피는 사월이면 진달래 향기 밀 익는 오월이면 보리 내음. 어느 것 한 가진들 실어 안 오리. 남촌서 남풍 불 때 나는 좋데나."

정식이 오빠는 도이를 보며 말했다.

"도이야, 너는 어떻게 이런 노래도 아니? 진짜 구성지게 노래도 잘하네."

난숙이가 벌떡 일어났다. 그러더니 춤을 추기 시작했다. 오른쪽 검지를 흔들면서 정식이 오빠에게 말했다.

"오빠야, 도이 커피 한잔인지 뭔지 그 노래도 참 잘한다. 1분만 지나면 나는 가요. 하는 노래."

엄마는 없는 기운에 난숙이의 춤추는 모습을 보고 웃었다. 도이는 난숙이의 몸짓에 박수 치며 좋아했다.

"와, 루시 엄마 웃으셨어. 웃는 거 봤지?"

난숙이가 엄마를 일으켜 앉혔다. 숟가락은 정식이 오빠가 엄마 손에 쥐여 주었다. 도이는 컵에 물을 따랐다.

엄마가 물을 마셨다. 난숙이가 죽 그릇을 엄마 앞으로 밀며 말했다.

"이거 우리 엄마가 죽 쑤어 놓은 거예요. 어서 드셔 보세요. 너무 굶어서 죽부터 먹어야 한댔어요."

나는 엄마에게 죽을 떠서 먹여 주었다. 엄마는 하얀 말간 죽을 한 숟가락 떠서 입안에 넣었다. 엄마가 말했다.

"가슴속에도 길이 있는 것 같구나."

말간 죽 한 숟가락에 엄마가 웃었다.

"죽 한 숟가락을 먹으니, 그리움의 길이 열리는 것 같아. 부모님에 대한 그리움, 루시 아빠에 대한 그리움."

엄마는 멋쩍은 듯 엷게 웃었다. 엄마가 다시 죽 한 숟가락을 떴다. 우리는 일제히 엄마 숟가락만 바라보고 있었다. 엄마는 눈을 지그시 감은 채 꿀꺽 죽을 삼켰다.

"두 번째 죽을 먹으니 사랑의 길이 열리는 것 같아. 난숙이네 가족과 루시 친구들의 따뜻한 사랑. 정말 고맙다."

엄마는 난숙이 손을 잡고 말했다. 나는 숨을 죽이고 엄마를 바라보았다.

'엄마, 힘내!'

나는 어서 힘을 내라고 마음속으로 소리쳤다.

엄마는 세 번째 숟가락을 떠서 입안에 넣었다. 그리고 눈을 번쩍 떴다.

"죽 세 번째 숟가락, 이번엔 희망의 길로 흘러가는 듯 개미 콧구멍만큼 기운이 나는구나."

죽 반 그릇 정도를 먹으니 엄마 눈에 초점이 잡히는 것 같았다. 바로 그때, 도이가 손뼉을 치며 말했다.

"아주머니, 됐음더. 개미 콧구멍만큼 기운이 났으면 된 거라꼬요. 금방 코끼리 콧구멍만큼 기운이 펄펄 솟을 겁니데이."

우리는 도이 말에 정말 오랜만에 소리 내어 파안대소하였다. 난숙이와 도이, 정식이 오빠도 그런 엄마를 보고 박수를 쳤다. 언제 왔는지 난숙이 할아버지도 방문 밖에서 안심이 된다는 듯 엄마를 보고 빙그레 소리 없이 웃었다.

마이클 대디

여름 방학 동안 나는 더위와 싸워야 했다. 엄마는 마음을 단단히 먹었는지 회복도 빨랐다. 어느새 개학이 다가오고 있었다.

도이는 이틀이 멀다고 나에게 찾아왔다. 나와 난숙이, 도이는 삼총사가 되었다. 셋이 몰려다니면 사람들이 쳐다보면서 키득거렸다. 난숙이는 소담한 얼굴에 통통한 볼살이 매력이다. 짧은 단발머리 때문에 동그란 얼굴이 더 동그랗게 보였다. 도이는 마른 멸치가 생각날 만큼 말랐으니, 둘만 봐도 극과 극이었다. 거기에 곱슬머리에 키가 큰 흑인 여자아이까지 끼어 세 명의 조합은 정말 볼 만했다. 난숙이와 도이 덕분에 내가 그나마 견뎌 낼 수 있었다.

마을 사람들은 엄마가 달라진 것을 보고 말이 많았다. 그 버릇, 그 습관 어디 가겠느냐면서 혀를 차기도 했다. 하지만 엄마를 응원하는 사람들이 더 많았다.

내가 늦은 밤 변소를 가기 위해 마당에 나왔을 때였다. 난숙이 엄마와 난숙이 할아버지가 평상에 앉아 이야기를 나누고 있었다.

"아버님, 연탄 가게 빼빼 아저씨네 철만이 있잖아요. 시내에서 패싸움이 크게 나서 글쎄 경찰서에 잡혀갔다네요."

"그리 정신을 못 차리고 다니더니 결국 일을 쳤구먼그래."

"그러게요. 철만이 아버지가 안됐지 뭐예요."

난숙이 엄마와 할아버지는 마을 사람들 이야기를 나누고 있었다.

"그리고 아버님, 루시네 얘긴데요. 루시 엄마가 그동안 루시 아빠 소식을 한동안 모르다가 얼마 전에 연락이 닿았대요. 몇 번 편지도 보냈더라구요."

"아니, 그게 정말이냐?"

할아버지 목소리가 조금 커졌다.

"네. 루시 아빠가 한국에 올 거래요. 아직 확실하지 않아서 루시한테는 아직 말 못 했대요. 혹시 안 오게 되면 실망할까 봐요."

할아버지와 난숙이 엄마가 가늘고 낮게 웃는 소리가 들렸다.

내 가슴이 쿵쿵 방망이질을 했다. 믿어지지 않아 내 볼을 꼬집어 보았다. 손바닥에 진땀이 났다. 나와 아빠 이야기가 나오리라곤 생각 못 했기 때문이다.

나는 두 귀를 더 쫑긋 세웠다.

"아, 이 모기 새끼. 진짜 너 내가 가만두나 봐라."

난숙이 목소리가 들렸다. 난숙이가 모기와 전쟁 중인 것 같았다. 난숙이 때문에 그다음 말은 듣지 못했다. 나는 엄마에게 확인할 수 없었다. 아빠 소식을 계속 알아보고 있었다니 엄마가 대단하다고 생각했다. 정식이 오빠가 철만이 패거리들에게 맞았던 날, 집 우체통에 꽂혀 있던 빨갛고 파란 줄이 그어져 있던 봉투가 생각났다.

나는 내가 한국 사람인지, 미국 사람인지 어렸을 때부터 혼란스러웠다. 아무리 애써 안 그런 척, 애써 웃는 척해도 나는 늘 한국에서나 미국에서나 이방인이었다.

사흘 후면 개학이었다. 방학 숙제는 아예 손도 못 댔다. 정식이 오빠가 나를 불렀다.

"루시야, 방에 있니?"

나는 방문을 열었다. 정식이 오빠가 책 한 권을 들고 방문 앞에 서 있었다.

"이거, 예전부터 읽어 보라고 주고 싶었는데. 한번 읽어 봐."

오빠가 밥상머리에서도 놓지 않고 읽었던 갈매기가 그려져 있는 '갈매기의 꿈'이라는 책이었다. 철만이 패거리들과 싸움이 있던 날이 떠올랐다.

"이거 오빠가 좋아하는 책이잖아. 이걸 왜 나한테?"

"나는 이 책 읽고 나니까 뭔지 모를 힘이 막 생기더라구. 그래서 너도 읽어 보면 좋겠어서."

나는 겉표지를 넘겨 보았다. 그리고 소리 내어 읽었다.

"가장 높이 나는 새가 가장 멀리 본다."

나는 오빠를 쳐다보며 싱긋 웃었다.

"오빠, 이 책 어렵지 않을까?"

"그냥 읽어 봐. 너 정도라면 충분히 읽을 수 있어."

오빠는 꼭 읽어 보라는 말을 남기고 갔다.

곧 개학이라고 생각하니 여러 갈래의 마음들이 왔다 갔다 했다. 마음이 복잡했다. 나는 혼자 뒷산에 오르기로 하고 운동화를 찾아 신었다. 그때 난숙이가 따라나서며 말했다.

"루시야, 너 아지트 가는 거지?"

난숙이는 언젠가부터 내 마음을 잘 아는 친구가 되어 있었다. 처음엔 샘도 많고, 심술이 심한 난숙이가 미웠다. 하지만 지금은 껌딱지처럼 달라붙어 떨어지지 않는 곰살맞은 단짝 친구가 바로 난숙이다.

"너도 나랑 같이 아지트 갈래?"

난숙이는 좋아서 폴짝 뛰었다.

"나 솔직히 그 미군 일 있은 이후로 산이 무서웠거든. 그런데 니 아지트는 다시 한번 가 보고 싶었어. 그때 제대로 놀지도 못하고 왔잖아."

둘이 집을 나서는데 난숙이 엄마가 빨래를 널며 말했다.

"오늘 루시 기분이 좋아 보인다. 그래 바람도 좀 쐬고 그래."

난숙이 할아버지도 긴 턱수염을 만지며 부채질하다가 한마디 거들었다.

"그려, 그려. 너무 집에만 있으면 사람이 쪼그라들어서 안 되느니라. 그저 너희들만 할 때는 한창 뛰어놀 때지."

"네. 할아버지 신나게 뛰어놀다 올게요."

난숙이는 엉덩이를 심하게 흔들며 좋아했다. 대문 밖 골목을 빠져나가려는 순간 말라깽이 도이가 뛰어왔다.

"너그들 둘이 어디 가는 거고? 나만 빼놓고 어딜 가는 거냐고?"

삼총사가 오랜만에 뭉쳤다. 나는 도이를 보자마자 와락 끌어안았다.

"도이야, 너 정말 귀신 같다. 어떻게 지금, 이 순간에 나타났지?"

우리는 학교를 지나 뒷산에 오르기 시작했다. 오랜만에 산에 오르니 여러 가지 색깔의 감정들이 요동쳤다. 엄마도 생각나고, 아빠도 생각났다.

아지트에 도착했다. 우리는 바닥에 포대 자루를 깔고 나란히 누웠다. 바람이 살랑살랑 불어오니 나뭇잎들이 부드럽게 흔들렸다. 그 소리가 참 좋았다.

"루시야, 난 졸리데이."

"도이야, 나두 졸려."

난숙이와 도이는 잠깐 잠이 들었다. 나는 가만히 몸을 일으켰다. 아빠가 써 놓은 글씨를 찾았다. 그동안 또 먼지가 뽀얗게 쌓여 있었다.

“프리티 루시, 사랑해. 아빠가.”

삐뚤빼뚤 새긴 아빠의 글씨를 보니까 새삼 웃음이 나왔다. 한글을 못 쓴다고 엄마가 어찌나 퉁바리를 주었는지 아빠가 힘들어했던 기억이 났다.

아빠의 글씨를 하나하나 따라 써 보았다. 아빠의 웃는 얼굴이 보였다. 나는 벽을 손바닥으로 길게 쓸어내렸다. 그러다가 다른 글자를 발견했다. 글씨가 아주 작았다. 역시 아빠의 글씨체 같았다.

“아빠 꼭 돌아올게.”

아빠가 쓴 게 맞았다. 이건 언제 쓰고 갔는지 알 수 없었다. 나는 눈물이 줄줄 흘렀다. 난숙이와 도이는 꿀잠을 자고 있었다.

나는 아빠가 돌아온다는 글을 남긴 것을 이제라도 보게 되어 다행이라고 생각했다.

개학 날 아침이 되었다. 엄마는 벌써 출근하고 없었다. 요즘 엄마는 얼굴이 나팔꽃이다. 거울을 보았다. 오늘따라 머리가 더 곱슬거려 보였다. 머리를 만져 보았다. 손바닥에 느껴지는 곱슬한 머리가 좋았다. 정식이 오빠가 준 ‘갈매기의 꿈’이라는 책을 가슴에 꼭 안았다. 그리고 난숙이를 큰 소리로 불렀다.

"난숙아, 학교 가자!"

2학기가 시작되는 날 기분 좋게 하루를 보냈다. 난숙이 할아버지와 난숙이 엄마가 했던 말을 들은 후 하루하루가 긴장의 연속이었다. 엄마가 나에게 말할 때까지 기다리기로 했다. 내가 먼저 말하면 아빠가 온다던 일이 무산될까 두려웠다. 그냥 기다리기로 했다. 그러자니 가슴이 답답했지만 그래도 꾹 참았다.

어느새 9월 첫날 토요일이다. 엄마가 오전 근무만 하고 퇴근했다. 나도 오전 수업을 마치고 집에 왔다. 항상 토요일은 마음이 가볍다.

"루시야, 이리 와 봐. 엄마가 할 말 있어."

나는 가슴이 두근거렸다. 무슨 말인지 알 것도 모를 것도 같았다.

"엄마, 왜? 무슨 얘긴데?"

엄마는 내 두 손을 꼭 잡았다.

"루시야, 놀라지 말고 잘 들어. 있잖아. 마이클 대디. 아빠가 한국에 오기로 했어."

내 손이 파르르 떨렸다. 입술도 떨리고 숨도 잘 쉬어지지 않았다. 눈물이 그렁해졌다.

"엄마, 그게 정말이야? 진짜 아빠가 한국에 온다구? 어떻게 연락이 된 거야?"

나는 소리 내어 울었다. 참으려고 해도 흐르는 눈물은 어찌할 수가 없었다. 엄마도 따라 울었다.

"그동안 엄마가 미국에 연락을 계속했지. 아빠랑 그때 헤어지고 나서 한국으로 우리끼리 돌아왔을 때 아빠 원망도 많이 했지만, 너희 할아버지 할머니가 허락하지 않아서 아빠가 중간에서 몹시 힘들어한 건 알고 있었지. 그때는 엄마가 나 힘든 것만 생각하느라 아빠를 이해 못 하고……."

엄마는 잠시 침묵했다. 울음을 삼켰다.

"아빠가 할머니 할아버지 설득하느라 그렇게 오랜 시간이 걸린 거래. 할머니는 돌아가시고 할아버지만 살아 계시는데 이제야 허락하셨댄다."

엄마는 가슴을 치며 꺼이꺼이 울었다. 나도 그동안 참았던 울음을 쏟아냈다.

추석이 다가왔다. 난숙이네는 추석 음식 준비에 분주했다. 우리는 언제나 늘 그렇듯이 명절이라고 딱히 준비하는 게 없었다. 그런데 이번 추석은 달랐다. 아빠가 추석 연휴가 시작되는 9일에 도착하기 때문이다. 엄마는 이것저것 음식을 준비했다.

9월 9일 일요일 드디어 아빠가 오는 날이다. 엄마와 나는 아빠를 마중하러 김포공항으로 가는 버스를 탔다. 가슴이 간질거렸다. 자꾸 웃음이 새어 나왔다. 그건 엄마도 마찬가지였다.

김포공항이다. 비행기 한 대가 하늘을 날아가는 게 보였다. 나는 엄마와 손을 꼭 잡고 아빠를 기다렸다. 아빠가 탄 비행기가 도착하려면 아직 40분이나 더 있어야 한다. 엄마와 나는 꼼짝하지 않고 서 있었다. 40분이 꼭 40시간 같았다. 드디어 아빠가 탔다는 비행기가 도착했다. 사람들이 쏟아져 나왔다. 많은 사람 틈에 내 눈에는 아빠만 보였다.

찾았다. 그런데 아빠 혼자가 아니었다. 아빠 옆에 아빠와 똑 닮은 할아버지가 걸어오고 있었다.

"아빠다. 마이클 대디!"

엄마는 아빠를 보자마자 벌써 눈물 바람이다. 아빠와 아빠를 닮은 할아버지는 나를 보고 잇몸까지 드러내며 환하게 웃었다. 할아버지가 물었다.

"What's your name?"

할아버지를 똑 닮은 나는 큰 소리로 대답했다.

"내 이름은 루시!"

◦ 작가의 말 ◦

제가 어렸을 때 살던 집 양쪽에는 미군 부대가 있었습니다. 철조망을 친 미군 부대 안에는 각종 군인 차량과 탱크들이 즐비했지요.

《내 이름은 루시》는 우리 가족이 겪었던 일을 소재로, 1970년대 루시와 난숙이네 가족을 그린 청소년 소설입니다.

여러분은 기지촌 마을을 아십니까? 기지촌은 해방 뒤 한국에 주둔한 미군 부대 근처에 생긴 마을을 말합니다.

6·25 전쟁 이후 고아들과 버림받은 아이들이 많이 생겼습니다. 전쟁고아 중에는 얼굴색이 달라서 무시당하는 아이들도 있었지요. 6·25 전쟁 이후 미군의 장기 주둔으로 혼혈아가 사회적 문제로 떠오르게 되었습니다.

보건복지부 통계에 따르면 혼혈인 수는 1950년대와 1960년대에 꾸준히 증가하다가 1968년을 정점으로 감소하였습니다.

혼혈아동은 1955년 439명, 1957년에는 355명으로 감소되었다가, 다시 1959년 1,023명, 1960년은 1075명으로 계속 늘어났다고 밝혔습니다. 정부 집계에 의해 가장 많은 혼혈인을 기록한 1968년 혼혈인 수는 1,623명이었습니다. 그 후 감소 추세에 따라 1974년까지 1,134명, 1981년 680명으로 감소되었습니다. 해외로 입양된 혼혈아들도 많았습니다. 이들은 주로 기지촌 여성이나 미군과 결혼하여 살다가 버림받은 여성의 자녀들이었습니다.

주인공 '루시'도 미군과 결혼한 엄마가 낳은 혼혈아입니다. 제가 초·중등 시절 우리 마을에는 혼혈아가 꽤 여럿 있었습니다. 학교를 같이 다녔던 친구도 있었고, 작품 속 주인공처럼 우리 엄마가 돌봐 주던 아이도 있었습니다. 그런 아이들은 지금까지도 제 가슴속에 또렷이 자리 잡고 있었습니다. 특히 우리 집에서 저와 같이 먹고 자고 했던 그 아이는 잊혀지지 않았습니다. 같은 한국 땅에 태어나 살면서 그 아이가 손가락질당하고 차별받는 모습을 보고 가슴이 아팠습니다. 아주 어릴 때, 저 역시도 그 아이를 외면했던 적이 있었습니다. 세월이 지날수록 그 아이에게 마음의 빚이 커져 갔습니다. 주인공 루시는 어린 시절을 저와 함께한 열다섯 살 소녀입니다.

우리 집은 그 시절, 방을 세 놓았는데 세입자 중에 미군 부대에 다니는 여성들이 다수였습니다. 그래서 저는 미군들과 결혼해서 사는 여성들을 가까이에서 보게 되었습니다. 《내 이름은 루시》는 그렇게 탄생된 작품입니다. 작품 속 '루시'는 흑인이고 양공주의 딸이라는 이유로 마을 사람들에게 멸시와 따돌림, 손가락질을 받았습니다. 그런 루시는 정체성의 혼란을 겪으며 힘든 시간을 보냅니다. 그런데도 늘 곁에서 따스한 말로 위로해 주는 난숙이네 가족이 있어 꿋꿋하게 하루하루 희망을 놓지 않고 살아갈 용기와 힘을 갖게 됩니다.

우리나라를 단일 민족이라 부릅니다. 하지만 현대 사회로 접어들어 시대적 변화로 인해 다인종, 다문화 사회로 진입하게 되었지요. 어디선가 주인공 루시처럼 피부색이 다르다는 이유로 주눅 들고, 사람들의 편견으로 힘들어하는 어린이와 청소년에게 이 이야기가 조금이나마 힘이 되었으면 좋겠습니다.

우리가 살고 있는 이 세상이 틀림이 아닌 다름을 인정하고, 차별이 아닌 평등으로 아름다운 세상이 되었으면 좋겠습니다. 또한 오늘날 사회적 이슈로 떠오른 가족 해체 현상의 문제점을 루시와 난숙이네 가족을 통해 다시 한번 생각해 보는 기회가 되었으면 합니다.

이 세상 어딘가에서 정체성의 혼란으로, 사람들의 편견으로 힘들어하고 있을 수많은 루시를 응원합니다.

틀림이 아닌 다름을 인정하는 아름다운 세상을 꿈꾸며

초록별연구소에서 임서경